FOLIO POLICIER

Caryl Férey

Plutôt crever

Une enquête de Mc Cash

Édition revue par l'auteur

Gallimard

Caryl Férey, né en 1967, écrivain, voyageur et scénariste, s'est imposé comme l'un des meilleurs espoirs du thriller français avec la publication de *Haka* et *Utu* (prix Sang d'Encre 2005 de la ville de Vienne, prix Michel Lebrun 2005 de la ville du Mans et prix SNCF du polar 2005) consacrés aux Maoris de Nouvelle-Zélande. Cette révélation s'est confirmée en 2008 avec *Zulu*, Grand Prix de littérature policière 2008 et Grand Prix des lectrices de *ELLE* Policier 2009. Caryl Férey est également, rocker dans l'âme, le père littéraire de Mc Cash, un flic borgne sans prénom croisé dans *Plutôt crever* et dans *La jambe gauche de Joe Strummer*.

à Pascale M.,
pour le mode d'emploi — au propre comme au figuré…
… à Lionel C. — qui n'en veut pas.

Partout où la volonté de vivre n'émane pas spontanément de la poésie individuelle, s'étend l'ombre du crapaud crucifié de Nazareth.

Raoul VANEIGEM,
Traité de savoir-vivre à l'usage des jeunes générations

1

Le contraire du sens

Je n'ai jamais lavé ma voiture — plutôt crever. Avec Alice on la traitait de poubelle mais en réalité c'était une 504 Peugeot bleu métallisé, fleuron de l'industrie automobile française à l'époque où le pays dérivait encore vers une démocratie de (super) marché.

En attendant, le monde que je découvrais ce matin-là avait changé. Il avait même changé du tout au tout… C'était pourtant un de ces dimanches comme tant d'autres, lent, inutile, *a priori* sans danger. Dans ma tête, le silence était si profond qu'on aurait pu y jeter des cailloux. De notre fuite la veille, je ne gardais que des flashs, les enseignes du Géant-Casino sous la bruine, les ombres de la forêt à la sortie de la ville, Alice au volant, livide, et moi qui regardais mes mains comme celles d'un autre…

La peur de se faire attraper était passée, pas l'envie de dégueuler.

Alice était là, à moitié avachie sur le siège en skaï. Elle non plus ne disait rien. On venait de garer la Poubelle sur la place d'un village, en face de la boulangerie. Balayant les rues, une brise tiède se cognait aux portes closes comme un facteur analphabète. Ce n'était pas Tijuana et le mythe de la frontière qu'on passe à gué poursuivi par les fédéraux mais déjà le désert — Louvigné-du-Désert, un village à la lisière de la Manche, toujours au garde-à-vous après cinquante ans de départementale. À droite, des maisons de granit aux rideaux blancs tirés, à gauche un bistrot de campagne, une fontaine à pompe et un fleuriste en liquidation : sous les marronniers de la place, j'aperçus deux gosses en mobylette mais pas l'ombre d'un flic…

Alice s'étira en miaulant. Elle dit qu'elle avait mal au cou, qu'elle avait faim, qu'il faisait beau, que la boulangerie d'en face était ouverte.

Après notre bout de nuit passé à écouter les moustiques tournoyer dans l'habitacle, elle aussi avait besoin de se rafraîchir les idées. Elle claqua la portière, tapota les flancs de la Poubelle comme ceux d'une bête à flatter pour sa course, puis laça ses tennis blanches contre le pare-chocs. Enfin elle se redressa et, de l'index, commença à dessiner des signes mystérieux sur le capot. Je la regardais faire, dans un brouillard définitif, me demandant ce que je pouvais bien faire dans ce village perdu alors que la frousse me collait au train.

Son dessin achevé, Alice repoussa la mèche qui gribouillait du vent sur son nez avant de venir taguer ma joue par la vitre ouverte.

— Tu te sens comment ?

Le bout de son doigt était tout noir.

— Bof, dis-je en massant mes cervicales. J'ai mal au crâne de la cuite d'hier soir…

Elle frotta son œil boursouflé.

— C'est souvent comme ça quand on ne s'est pas amusé.

Tu parles d'un euphémisme… Alice portait ce matin un pantalon trop grand, un tee-shirt de fille, une chemise déboutonnée et une paire de lunettes noires qu'elle ne quitterait pas de sitôt — un moustique l'avait piquée cette nuit, à la paupière.

— La boulangerie est ouverte, dit-elle, tu veux…

Mais un vacarme assez épouvantable laissa sa phrase en suspens ; les gamins en mobylette se ruaient sur nous, la mine sévère derrière les casques à mangeoire. Alice grimaça tandis que, passant à notre hauteur, les gosses nous saluèrent d'une pittoresque roue arrière.

J'ai désigné les blancs-becs :

— Je leur casse la gueule si tu veux ?

Ça l'a fait sourire jusqu'à la boulangerie. Il n'y avait pourtant pas de quoi : je venais de tuer un homme. Or j'étais comme tout le monde, quelqu'un que l'idée de tuer terrifie. Ou plutôt terrifiait. Car ce matin, c'était pire…

J'allumai une cigarette, la première de la journée, pas bonne : le petit déjeuner était encore dans la boulangerie. Depuis le pare-brise, j'apercevais la silhouette d'Alice derrière les étalages. Sur le coup, je ne savais plus trop quoi penser. Comme meilleure amie, on pouvait rêver moins tordue. Ou empoisonnée…

Tout avait commencé la veille, quand j'étais passé la prendre à la gare de Rennes : Alice venait du Pays basque où elle résidait. Notre départ en vacances était initialement prévu le lendemain mais l'idée de m'accompagner au mariage d'un vieux copain ne lui disait qu'à moitié : côte nord ou pas, ce genre de rituel lui fichait un cafard de tous les diables, si bien qu'à l'attaque de la pièce montée, quand Alice m'avait proposé une escapade jusqu'à Cancale, je n'avais pas hésité…

On a fumé un stick d'herbe au bout de la jetée, déjà à moitié cuits, en regardant le ciel tomber sur le port envasé à marée basse. Je ne savais pas qu'Alice avait un plan derrière la tête, j'avais la mienne prise dans un étau et si j'essayais de cacher mon amertume pour ne pas polluer mon amie avec mes problèmes, elle ne fut pas dupe longtemps :

— Qu'est-ce qu'il y a ? Tu as l'air tout sombre…

— Bah : c'est le soir qui tombe.

— Arrête tes conneries, tu veux ?

Son intelligence fine, son humour épistolaire et son goût du mystère alimentaient ma fibre subversive mais, jusqu'à présent, je l'avais tenue loin des histoires de la petite… Je sortis la lettre qui depuis deux jours traînait dans ma poche. Une missive administrative, que je lui tendis sans un regard, de peur de me trahir. Alice parcourut les premières lignes, un peu étonnée.

— Qu'est-ce que c'est que ça ?

— Une lettre du juge des affaires familiales.

— Je vois bien. Qui c'est cette gamine ?

— Lis.

Elle lut.

— Merde, dit-elle enfin.

— Ouais.

— Tu ne m'avais pas dit que tu avais une sœur, fit-elle.

— Je la connais à peine… Et puis les choses se sont précipitées ces derniers temps…

Je recrachai la fumée du stick qui me brûlait les poumons. Alice gambergeait : une petite sœur, quand même, j'aurais pu lui en parler… J'en aurais cassé le ciel en deux.

— Qu'est-ce que tu vas faire si l'appel est rejeté ? demanda-t-elle.

— Je ne sais pas.

Elle écrasa le joint sur les planches du ponton et ouvrit son petit sac à dos… Je mesurais la distance qui me séparait du bout du monde quand Alice posa une boîte à chaussures sur mes genoux, empaquetée dans du papier journal.

— Qu'est-ce que c'est que ça ?

— Ton cadeau d'anniversaire, répondit-elle.

J'avais eu trente ans un mois plus tôt.

— Tu sais bien que je m'en tamponne.

— C'est un cadeau un peu spécial…

Les yeux d'Alice pétillaient sec. Ça sentait le coup fourré, pas le guet-apens.

Le papier journal s'envola dans un courant d'air. Je n'avais jamais vu de Smith & Wesson : celui-ci était chromé. Sur le coup on ne peut pas dire que je l'aie trouvé beau (c'était une arme à feu), mais je dois avouer que l'objet avait une drôle d'allure dans ma main. Je l'avais d'abord soupesé :

— Dis donc, c'est lourd.

— Ça doit être une question d'habitude.

Alice n'était pas joyeuse, juste inquiétante. Dans la boîte à chaussures, il y avait également un livre, les *Mémoires* de Lacenaire, sur lesquelles naviguaient six balles de gros calibre et une trousse de couture : à l'intérieur, deux petites pinces d'acier, un crayon bic, du papier à cigarettes et une épingle à chapeau.

— Où tu as trouvé ça ?

Je ne savais pas quoi dire d'autre.

Alice haussa les épaules, comme quoi ce n'était pas le plus important, se leva et marcha les mains dans les poches vers le bout de la jetée... Assis sur le ponton, le revolver à la main, je restai sceptique : nous n'avions aucune fascination pour la violence, les armes à feu, les voitures qui explosent : nous étions des gens normaux, du moins je le croyais.

Je pris alors une balle au hasard, que j'enfonçai dans le barillet avant de le faire tourner, toujours au hasard. Je visai l'horizon. Tu parles d'un cadeau... Non, je ne comprenais pas.

Clac !

Le son du coup tiré à vide flottait encore dans la brise quand Alice souffla :

— Fred !

Un couple de retraités approchait du ponton, bras dessus bras dessous. Je rangeai l'arme dans la boîte, anxieux à l'idée qu'ils aient repéré mon petit manège, mais les vieux amants m'adressèrent un signe de la tête avant de dépasser Alice et d'admirer la baie du Mont-Saint-Michel qui pointait son clocher dans le crépuscule... Cela dura un certain temps. Les amoureux semblant disposés à passer le reste de leur vie au bout de la jetée, on a fini par regagner la Poubelle.

Il crachinait un peu sur le port de Cancale mais les restaurants étaient pleins. J'ai pris le volant et filé sans un mot jusqu'à la salle polyvalente où se déroulait la noce...

Pourquoi ai-je laissé la balle dans le barillet ?

Pourquoi ne l'ai-je pas ôtée avant de retourner à ce foutu mariage ?

Bon Dieu, je n'en savais rien. Ou plutôt si : j'ai oublié.

J'ai tout bonnement oublié...

Alice apparut sur le seuil de la boulangerie, les bras encombrés de croissants, et me fit signe de la rejoindre au bistrot d'à côté, qui venait d'ouvrir.

Des hommes affluaient, surgis de nulle part, portant casquettes et chemises à carreaux.

C'est en passant devant l'antenne tordue de la Poubelle que je remarquai les signes inscrits sur le capot. Là, à travers la crasse, je mis un temps fou à lire :

Mort :

[] de trouille
[] à crédit
[] TRM

Goûtant modérément la plaisanterie, je traversai la rue en automate. Aussitôt poussée la porte à carreaux orange, une odeur familière m'invita à la fermer. À l'intérieur du bar-tabac de Louvigné, l'ambiance était au western agricole. Ici on buvait en bottes de caoutchouc ou en treillis mais vite et en silence ; ourlés au comptoir, les clients s'enfilaient des petits blancs sous le regard impassible du patron, la bouteille de muscadet posée sur le zinc humide. C'était la rosée des ivrognes… Enviant un instant aux buveurs ce goût de pâte molle qu'on traîne dans la bouche jusqu'au déjeuner, je dis bonjour du bout des lèvres, en pauvre con de citadin.

L'assemblée me répondit, le mégot collé à la bouche.

Après un rapide slalom entre les tables vides, je rejoignis Alice, retirée dans un coin.

— Tu as commandé ?

— Oui.

La table était un de ces objets indignes du bois mais les miettes de croissant glissaient très bien dessus : Alice fit des petits tas, imagina quelque chose, se tut. Le port des lunettes noires devait l'agacer.

Je me demandais si elle m'en voulait.

Je me demandais aussi si je lui en voulais.

Sur le coup, j'oubliai de lui parler du message trouvé sur le capot. Je ne pensais qu'à ce terrible accident.

— Tu crois que le type…

— Non. Non, dit-elle, je ne crois rien du tout.

Raclant ses chaussons sur le sol poussiéreux, le patron arrivait avec le petit déjeuner. Un café et un thé. Alice cessa de classer ses miettes sur la table.

— Ils sont pénibles avec leur Lipton Yellow…

Elle ligota le sachet avant de le jeter dans le cendrier.

— Tu es sûr que tu ne veux pas de croissant ?

— Non.

Pas faim.

Alice fila jusqu'au comptoir et demanda le journal du jour. Pour rigoler, le patron lui a tendu le torchon. Les loustics rigolèrent de concert, un œil sur sa poitrine compressée sous son tee-shirt. Elle revint vers moi, le regard sombre. Ses lunettes de soleil n'y étaient pour rien : la manchette du *Ouest-France* tomba sur la table en formica.

Je savais lire. Malheureusement.

Déjà mes yeux se brouillaient, incapables de décoller du visage de Rogemoux, souriant pour la photo.

Philippe Rogemoux était l'homme que j'avais abattu la veille au soir. Un député. Mort sur le coup. Une balle dans le cœur, paraît-il. Mari, et père de deux enfants par-dessus le marché. Pour le moment on ne savait rien du meurtre, la nouvelle avait été lâchée en dernière minute par les correspondants de nuit mais on préparait la grande battue. Car les coupables seraient châtiés. Durement. Ils l'ont dit.

Je repoussai le journal sur la table, des petits morceaux cassés au fond de moi.

Le cauchemar recommençait : les gens me dévisageaient, comme s'ils savaient que c'était moi le criminel, le monstre sanguinaire, le déséquilibré chronique. Même les habitués du café m'envoyaient des regards accusateurs… Quand cinq minutes plus tard je ressortis des lavabos, Alice lisait le journal démocrate-chrétien.

— Tu crois que les flics me recherchent ?

— Non, répondit-elle en levant la tête. Non… pas encore.

— Il y a un témoin ?

— Non. Enfin, pas pour le moment. Tu as vu un témoin, toi ?

— Non. J'ai rien vu du tout.

C'était vrai. Je me souvenais à peine du coup de feu.

Alice écartela les bras d'un croissant.

— Qu'est-ce que tu veux faire ?

Je répondis la vérité :

— Je ne sais pas. Il faut que je réfléchisse…

J'étais dans une merde noire : hormis une carte bleue, j'étais quasiment sans ressources, ma famille était morte ou à enterrer, mes copains trop nombreux pour tenir le secret d'une planque et je n'avais nul endroit où me cacher. L'étranger ? Je n'avais même pas mon passeport sur moi…

— Tu as pensé à une planque ? dit-elle doucement.

— Non.

— Et ton copain, là, l'imprimeur…

— Filou ? Non, trop dangereux : tous les flics le connaissent.

Dans le coin du bistrot, même les rideaux faisaient grise mine. Vomir m'avait retourné l'estomac mais ça n'allait pas mieux.

— Alors ne changeons rien, dit-elle.

Je regardai Alice avec des yeux de taupe :

— Comment ça « ne changeons rien » ?

— Faisons comme prévu.

Partir en vacances. Elle parlait de partir en vacances. Comme prévu.

— Tu as l'air d'oublier que…

— Non, coupa-t-elle : non, justement.

L'absurdité de la proposition la rendait presque calme. Je rallumai une cigarette, pas meilleure que les autres, hésitai, ce qui m'irritait prodigieusement, mais que faire ? Assise face à moi, cachée derrière ses lunettes noires, Alice semblait sûre de son coup. Faire semblant de partir en vacances… Était-ce n'importe quoi ou la meilleure façon de ne pas éveiller les soupçons ?

Tant qu'il n'y avait pas de témoin, j'avais peut-être une chance. Mais en me suivant, Alice prenait des risques inconsidérés : le comprenait-elle ?

Je misai le contenu de mes poches au hasard de la table :

— O. K… Foutons le camp en vacances.

Un euro soixante, un morceau de crayon à papier et un vieux bout de shit dont j'avais oublié l'existence roulèrent sur le formica.

— Bon, dis-je en rattrapant la boulette : et dans quel sens on va ?

— Dans le sens inverse. Pour brouiller les pistes.

— Pourquoi ?

Alice tordit le cou à son sachet de thé :

— Parce que l'inverse, c'est le contraire du sens.

2

Agité

Mc Cash venait d'avoir cinquante ans et, comme beaucoup de cyniques, ne parlait plus qu'à lui-même. C'était un solitaire trop attaché à ses névroses pour faire un bon policier. Nul en droit, ou le faisant exprès. Soupçonné d'alcoolisme. Balancé inspecteur aux Mœurs de Rennes, comme formateur ; après douze ans de Criminelle à Paris, ça fleurait la naphtaline et le sandwich américain au bistrot du coin.

Son travail ne lui plaisait pas beaucoup mais Mc Cash était devenu paresseux. D'ailleurs les femmes ne le quittaient pas, il finissait par les oublier. Ainsi il avait divorcé deux fois de la même épouse. « Comme Liz Taylor ! » aimait-il plaider avec une férocité qu'on prendrait facilement chez d'autres pour de la haine. De fait, il n'arrivait pas à aimer les gens, à peine à les tolérer. Lui-même se supportait difficilement. À force de se sentir supérieur, il avait perdu le goût de la comparaison, et donc de lui-même.

Mc Cash était malheureux.

En ce moment, il lisait Nietzsche, assis sur la cuvette des toilettes du commissariat :

> *Celui qui est mécontent de soi-même est continuellement prêt à s'en venger ; nous autres, nous serons ses victimes, ne fût-ce qu'en supportant son aspect répugnant ! Car celui qui est laid à voir rend mauvais et sombre.*

L'Irlandais jubila en lui-même : Nietzsche était certainement la pire chose qu'on pût lui mettre entre les mains ces temps-ci… De ses intestins, plus rien ne sortait. Piètre allégorie de la condition humaine, songea-t-il. Pris à la fois de dégoût et de compassion pour lui-même, il extirpa un sachet plastique de la poche de sa chemise, saupoudra une petite quantité de cocaïne sur la couverture du livre, roula un ticket de cinéma, évalua la circonférence de sa paille et inhala l'immaculée conception sans penser à rien.

Il était deux heures de l'après-midi. Son nez le chatouillait mais l'homme n'était pas un plaisantin ; il passa de l'eau froide sur son visage rougi et harangua l'œil fou qui le regardait dans la glace.

— Pauvre con.

Réputé pour son mauvais esprit, Mc Cash était borgne.

On frappa à la porte des toilettes :

— Lieutenant ? Lieutenant Mc Cash ?

— Quoi !

Quand il sortit des toilettes, la vie allait vite. Le stagiaire Beauregard recula sous l'impact.

— Madame la commissaire vous demande dans son bureau, dit-il.

— La commissaire ?

— Oui. Elle vous attend…

Le jeune homme dansait d'un pied sur l'autre.

— Ah bon. Et pourquoi donc ?

— Je ne sais pas. Elle ne l'a pas dit.

Mc Cash déambula dans les couloirs, l'esprit ailleurs (Nietzsche) et descendit les marches de l'écheveau de blocs monolithes constituant l'hôtel de police de la ville de Rennes.

Il se sentait mauvais et sombre.

*

Anne-Françoise Trémaudan, la commissaire divisionnaire, avait quarante-six ans, une chevelure fournie qui d'après les goujateries de bureau serait naturellement blonde, un grain de beauté discret sous la paupière gauche, des lèvres charnues malgré son air sévère et de petites lunettes rondes cachant à peine de longs yeux impétueux, noirs, brillants. Rien à espérer de ces yeux-là.

Elle alluma une gitane et jaugea le borgne qui se tenait devant elle. La femme avait toujours apprécié le mètre quatre-vingt-dix de son pire élément, la policière, elle, se méfiait : Mc Cash était une tête de mule comme on en faisait peu et le préfet les observait dans un coin du bureau, bras croisés sur une chaise ergonomique. Trémaudan ne voulait pas d'impair.

— Nous avons une petite affaire à vous confier, dit-elle en inclinant la tête vers le haut fonctionnaire.

Pierre Basillac portait un costume Renoma fabriqué en Birmanie et un certain embonpoint, comme un vieux relent de Périgord. Mc Cash l'avait croisé deux ou trois fois dans les couloirs.

— De quel genre ?

— C'est au sujet d'un certain Le Cairan. Frédéric Le Cairan, précisa la divisionnaire en parcourant la feuille qui traînait sur son buvard. Il y a une plainte contre lui et j'aimerais que vous vous occupiez personnellement de son cas. Monsieur Bénouville vous expliquera tout mieux que moi.

— Bénouville ?

— Le plaignant. C'est aussi un ami de monsieur le Préfet...

Depuis la fenêtre, un rayon de lumière crue faisait danser la fumée de sa gitane filtre. À ses côtés, Basillac ne bronchait pas.

— Qu'est-ce que vous attendez de moi au juste ?

— Vous aviserez après votre entrevue avec monsieur Bénouville, répondit-elle. Il vous attend dans votre bureau. Je pense qu'un complément d'enquête ne sera pas superflu...

Le téléphone sonna sur le bureau. La discussion fut brève : le commandant Legay, de la Direction de la Surveillance du Territoire, venait d'arriver. Le préfet eut un geste d'impatience... Mc Cash les regardait s'agiter, les dents serrées sous son masque de borgne. Trémaudan raccrocha et se retira dans le fond de son siège.

— Vous pouvez disposer, lieutenant.

Henri Bénouville, l'ami du préfet, était un petit homme râblé d'une soixantaine d'années. Il avait de courts cheveux gris sur une nuque potelée, un costume marine accompagné d'une chemisette blanche à rayures et d'une cravate rangée dans un pull débardeur. Il se leva à l'approche du policier et se présenta avec une élégante courtoisie. Coupant court aux civilités, Mc Cash prit place derrière la somme d'encombrements qui tapissait son bureau.

— Qu'est-ce qui vous amène ? dit-il sans vraiment desserrer la mâchoire.

— C'est au sujet de mon petit-fils, commença Bénouville.

Le sourire de l'homme trahissait une certaine gêne.

— Le Cairan ?

— Oui. Frédéric, précisa-t-il.

— Qu'est-ce qu'il a, votre petit-fils ?

— Nous... nous n'entretenons pas de très bons rapports tous les deux. Je veux dire, nous sommes en conflit depuis quelque temps au sujet d'une affaire de famille... Enfin, Frédéric a perdu ses parents au printemps dernier, je veux parler de ma fille et de mon gendre, un terrible accident de voiture, et... à la mort de ses parents, Frédéric a cherché à obtenir la garde de sa sœur. La plus petite, Mathilde. Bien entendu, il ne l'a pas obtenue. Frédéric est un de ces chômeurs professionnels qui refusent le travail qu'on leur propose, un assisté qui…

— Venons-en aux faits.

Mc Cash se fichait de son histoire de famille, de son amitié avec le préfet, de son air contrit, il se fichait de tout.

Bénouville acquiesça.

— Mon épouse et moi-même avons naturellement obtenu la garde de la petite Mathilde, dit-il, mais Frédéric s'est obstiné. On se demande d'ailleurs pourquoi… Enfin, son appel ayant été rejeté, il n'a rien trouvé de mieux à faire que de venir nous menacer chez nous, à La Baule, dans notre propre maison : il a frappé ma femme au visage et moi-même, à plusieurs reprises. Voici les attestations du médecin…

Le sexagénaire tendit une feuille au borgne, qui la reposa sur une tasse pleine de mégots.

— C'est aux policiers de La Baule de régler cette histoire, non ? dit-il.

— C'est que Frédéric habite Rennes et… vous ne le connaissez pas, lieutenant. Il peut être dangereux.

De fait, Henri Bénouville semblait particulièrement agité, la tête rentrée dans ses frêles épaules.

— Pourquoi vous a-t-il frappé ?

— Je ne sais pas, concéda-t-il, les yeux humides. Sa colère était terrible… Ce n'est pas la première fois qu'il se met dans des états pareils ; depuis son intrusion chez nous, mon épouse et moi-même avons peur de sa violence qui, je le répète, peut être absolument incontrôlée... Il nous a frappés lieutenant : ses propres grands-parents... Pour tout vous dire, j'ai peur qu'il n'en vienne un jour à...

Bénouville laissa sa phrase en pâture au silence.

– Quoi ? À vous tuer ?

L'homme se tassa sur sa chaise, la gorge nouée.

– Bon, soupira Mc Cash, dites à votre épouse de ne plus s'en faire : je vais aller lui secouer les puces, à votre Frédéric...

– C'est que je tiens à porter plainte ! s'écria Bénouville.

– Si ça vous chante. Pour les procès-verbaux, prenez la première à droite en sortant du bureau. Demandez le sergent Laguennec. Il vous aidera à remplir vos papiers.

Lui ça le faisait chier.

*

Onze heures du matin. Mc Cash roulait dans le labyrinthe des sens interdits du centre-ville. Il s'était réveillé à l'autre bout de Rennes avec une casquette en plomb, le quartier du haut des Lices était devenu une vraie cour des miracles et il ne savait pas où garer sa bagnole.

Outre la copie du procès-verbal établi par le sergent Laguennec, la boîte à gants de sa Renault de fonction abritait un chewing-gum à la chlorophylle, des cassettes aux bandes chiffonnées, un .38 Special chargé, trois paquets de marlboro dont les languettes déchirées rappelaient les oreilles d'un cocker, un appareil photo Polaroïd, un livre de Crumley dans le texte, quatre boîtes de pellicules bourrées d'herbe africaine, un mini-jeu d'échecs électronique, un sachet de cocaïne relativement peu coupée, les photocopies d'un rapport de la DST concernant la frange dure de l'ex-IRA, une poignée de balles en vrac, deux feutres noirs, plusieurs types de poussières et un carnet de notes dans lequel il établissait ses listes.

Mc Cash aimait les listes. Son esprit lui-même en regorgeait : liste de ses maîtresses, anciennes ou futures, du temps qui passe, fragmenté en années et non en époques (par exemple, il ne disait pas « quand j'étais avec ma femme » mais « en 81-88 ») mais aussi de ses livres, de ses voitures, ses disques, ses dealers, ses prostituées, etc. Bref, les listes lui procuraient des bases, comme si le sol allait sauter sous ses pieds.

Une place se libéra place Sainte-Anne. Il se parqua devant les punks new age qui clochardaient à l'entrée du bureau de tabac. Leurs chiens avaient l'air en meilleure forme que les types. Repoussant les bâtards de la semelle, Mc Cash traversa la rue Saint-Michel sans s'arrêter à aucun bistrot et salua cette performance en dérapant sur une crotte à l'angle de la rue Duguesclin. Il essuya ses semelles sur l'arête du trottoir et pénétra dans le hall d'un bâtiment classé. Là il consulta la liste des résidents, répartis en trois étages : Le Cairan habitait au dernier.

Mc Cash sonna à la porte, attendit en bougonnant, insista : personne.

Son voisin de palier et les locataires du second s'avérant eux aussi absents, il descendit au premier. La semi-obscurité de l'escalier l'avait contraint à remettre son bandeau, exercice qu'il effectuait plusieurs fois par jour sans que quiconque vît jamais sa prothèse. C'était interdit. Tabou. Plus qu'un vieux complexe, une honte.

Mc Cash se dandinait sur le paillasson d'une porte qui enfin s'ouvrit. La femme qui lui faisait face avait les cheveux longs et bruns, l'œil noisette, le teint plein d'intempéries, avec des taches de rousseur assez discrètes et un air peu aimable qui ne demandait qu'à évoluer. La quarantaine, à peine.

— Bonjour, annonça Gwénaëlle Magadec sans se fissurer d'un sourire.

— Lieutenant Mc Cash, dit-il.

— Vous venez au sujet du député, je suppose. J'ai tout dit à vos collègues…

— Le député ?

— Bah : Rogemoux…

Elle portait un pantalon léger, un pull noir et pas de chaussures. Mc Cash la regardait comme s'il s'agissait d'une sculpture bondage, regrettant son haleine de tabac froid.

— Eh bien, sourit-elle, pour un flic on peut dire que vous êtes au courant !

— C'est ici qu'il a été tué ? réalisa Mc Cash.

— Rogemoux habitait au second : juste au-dessus, fit-elle en levant ses yeux d'ourson vers l'étage.

Le borgne avait entendu parler du meurtre, forcément, on ne parlait que de ça. Dans l'éventualité d'une action terroriste ou d'un règlement de comptes politico-financier, le préfet Basillac, pressé par la famille et les amis de la victime, avait rameuté les spécialistes de la DST qui avaient aussitôt pris les choses en main. Un juge antiterroriste avait été saisi et les commissions rogatoires n'allaient pas tarder à pleuvoir.

— En fait, je viens au sujet de votre voisin du troisième, Frédéric Le Cairan.

— Ah bon ?

— J'ai une plainte contre lui. Vous le connaissez ?

— Un peu, concéda-t-elle. Pourquoi, qu'est-ce qu'il a fait ?

Mc Cash la trouvait plutôt décontractée pour une sculpture bondage.

— J'aimerais le voir, c'est tout. Vous savez où je peux le trouver ?

— Non. Je crois qu'il est parti en vacances.

— En vacances ? Tiens donc : quand ça ?

— Samedi ou dimanche, dit-elle, évasive.

Il évitait de lui parler en face. Il devait puer le poisson crevé, le divorce pour faute, l'abandon et la solitude.

— Vous savez où il est parti en vacances ?

— Ça non, je n'en sais rien.

Ses orteils jouaient de l'orgue sur les lattes du palier. Une danseuse peut-être.

— Et vous savez quand il revient ?

— Non.

Le Cairan avait quitté son domicile le jour même de l'exécution de Rogemoux : hasard ou coïncidence ?

— La police ne l'a pas interrogé au sujet du député ? demanda Mc Cash.

— Non, pourquoi ?

— Il aurait pu être témoin du meurtre.

Gwénaëlle Magadec haussa les épaules.

— Vous l'avez vu la semaine dernière ? reprit-il.

— Non, Fred était absent.

— Vous savez où il était ?

— Non.

— Vous l'avez vu quand pour la dernière fois ?

— Samedi, en début d'après-midi, fit-elle, légèrement agacée. Je crois qu'il devait se rendre au mariage d'un copain, du côté de Saint-Malo…

Un courant d'air frais glissa par l'embrasure de la porte. Gwénaëlle avait achevé son concerto pour pieds nus :

— Vous avez d'autres questions à me poser ?

Mc Cash se sentait toxique.

— Vous qui avez vu Fred samedi midi, abrégea-t-il : il avait l'air comment ?

— Normal.

— C'est-à-dire ?

— Agité.

3

S'envoyer en l'air

Nous quittâmes Louvigné-du-Désert par une voie unique. On avait parlé de joindre la côte, sans trop savoir laquelle. Les cylindres de la Poubelle claquaient dans le vent de la vitre ouverte, le soleil brillait et il était bien le seul : un œil sur la campagne, l'autre dans le rétroviseur, je réfléchissais à vide. En butée. Mes pensées se cognaient les unes contre les autres, et revenaient sans cesse à leur point de départ. Aucune explication valable, ni excuses ni justifications. Ce qui m'arrivait aujourd'hui n'était pas prévu dans mes plans de sauvetage mais mon instinct me disait de fuir, au risque d'aggraver mon cas.

D'une certaine manière, ça ne pouvait pas être pire. D'ailleurs, Alice non plus ne voulait pas que je me rende. Pourquoi ? Parce qu'elle était impliquée comme complice ? Le meurtre ayant eu lieu à Rennes, les flics commenceraient par chercher en ville. Ça nous laissait un peu de temps, mais pour faire quoi et aller où ? Près de moi, Alice, pensive, consultait la carte Michelin qui traînait dans la boîte à gants.

— Il va falloir que je trouve un peu de fric, dis-je au bout d'un moment : un euro soixante, ça va pas me tenir jusqu'à la mort.

— Il y a ma carte de crédit.

— C'est le meilleur moyen de se faire repérer.

— Pourquoi ? Quelqu'un sait que nous sommes ensemble ?

Je réalisai que non : j'avais dit à qui voulait l'entendre que je partais en vacances dimanche mais je n'avais pas dit avec qui ni où — comme elle me l'avait demandé dans sa dernière lettre... Alice n'était pas à une excentricité près mais celle-ci, à rebours, semblait étrangement préméditée.

— Non, personne, répondis-je. Enfin, je ne crois pas... Ça change quoi ? Tu as de l'argent ?

— Un peu.

Sous le souffle de la vitre ouverte, les mèches d'Alice voltigeaient, brunes, jamais ensemble.

Bizarre... On se connaissait depuis deux ans mais c'était comme si je la voyais pour la première fois... Ou alors c'était moi qui aujourd'hui me voyais sous un nouvel angle, et qui ne me reconnaissais pas... Il était aussi possible que je débloque à pleins tubes.

Je jetai un œil sur le sac à dos posé à ses pieds — d'après mes souvenirs, c'est là qu'elle avait rangé le revolver.

— Il serait temps de s'en débarrasser, dis-je sans nommer l'engin.

Alice inclina son visage sur la mousse apparente du repose-tête :

— S'en débarrasser ?

— Dis, tu trouves pas qu'on a fait assez de conneries comme ça ?

— Si, bien sûr…

Elle ne semblait pas très convaincue. Je doublai une caravane couverte d'écussons.

— Dans les films, tout le monde se débarrasse de l'arme du crime, dis-je : il faut même être rudement con pour la garder.

— Oui mais on n'est pas dans un film.

— Alors il va falloir que tu m'expliques.

— Quoi ?

— Pas quoi, pourquoi.

— Pourquoi quoi ?

— Pourquoi tu m'as offert ce revolver.

J'étais coupable, certes, mais offrir une arme à feu à un type comme moi, qui plus est à moitié cuit, il y avait des façons moins dangereuses de me souhaiter un bon anniversaire. Sans parler de la garde de la petite…

— Pourquoi ? répéta Alice.

Elle aussi alluma une cigarette.

— Tu as lu le mode d'emploi, non ?

Je quittai un instant la route des yeux :

— Quel mode d'emploi ?

Alice me regarda comme si j'avais beaucoup changé :

— Tu ne l'as pas lu ?

— Eh bien, non ! Quoi ?

— Pourquoi tu ne me l'as pas dit ?

— Pas dit quoi ? Bon Dieu, Alice, je sais même pas de quoi tu parles !

Nous étions à des kilomètres l'un de l'autre, pourtant côte à côte.

— Il y avait un petit carnet dans la boîte à chaussures, dit-elle.

Sa voix ne pesait pas lourd dans le vacarme de la vitre ouverte.

— Je n'ai pas vu de carnet, dis-je. Ça change quoi ?

Elle soupira. On était deux. Son idée de partir en vacances avec l'arme du crime ne tenait pas debout et elle ne voulait rien me dire.

— Alors ? la relançais-je. On n'a qu'à le jeter n'importe où ce putain de revolver : dans le fossé !

— Non, dit-elle en secouant la tête, trop dangereux. Des gamins pourraient tomber dessus.

Des gamins… J'écrasai ma cigarette dans le tas de cendres qui trônait sur le tableau de bord. Elle ne répondait toujours pas à ma question.

— Je t'expliquerai tout, dit-elle enfin. Ce soir. Laisse-moi jusqu'à ce soir.

Le feu clignotant d'un passage à niveau stoppa notre fuite. Je me tournai vers Alice mais il était impossible de rien déceler derrière ses lunettes noires.

— Bon, soufflai-je, on avait parlé d'aller à la mer, pas au Mont-Saint-Michel. Faudrait se décider.

Je ne savais plus quoi faire de ma peau mais Alice semblait avoir mué depuis un certain temps :

— J'ai peut-être une idée, dit-elle. Il faut que je téléphone.

— Quel genre d'idée ?

— Il faut d'abord trouver une cabine.

Mon portable était cassé pour toujours, et elle préférait écrire aux gens — pour ça, nous formions une fine équipe tous les deux... En bois, marron, un train de marchandises passa devant nous. Alice en profita pour observer sa paupière gonflée dans la glace du pare-soleil. Le moustique de cette nuit avait fini par avoir sa peau...

— Avec tout ça, je n'ai même pas eu le temps de te remercier, dis-je.

— De quoi ?

J'aurais pu lui parler du revolver qu'elle avait ramassé sur le trottoir, avec mes empreintes, mais je répondis :

— D'avoir sacrifié ta beauté pour mes beaux yeux...

Son regard était tout de travers lorsqu'elle se tourna vers moi :

— Si je viens avec toi, c'est pour éviter que tu te fasses piquer.

Une marrante, Alice. Et qui me menait par le bout du nez... Enfin, la barrière du passage à niveau se releva et on n'en parla plus. Plus avant ce soir...

*

— Tu lui as dit quoi, à ton copain d'enfance ?

— Que j'étais avec mon nouveau mec, répondit Alice.

— Lequel ?

— Oh ! faut pas exagérer : je ne couche pas si souvent que ça...

Elle mentait. Dès qu'Alice parlait d'un mec, elle avait couché avec.

— Il n'a pas posé de questions ?

— Non. Il est amoureux de moi, dit-elle en guise d'explication.

— Je croyais que c'était un copain d'enfance ?

— Oui oui, aussi : on jouait aux petits cailloux ensemble…

— Aux petits cailloux ?

— Oui : on prenait les cailloux qu'on avait sous la main et on s'inventait des histoires avec. Des histoires de petits cailloux…

Je la regardai d'un air suspicieux :

— Il a pu changer.

— Ne t'en fais pas.

Le type qu'elle venait de joindre au téléphone partait le jour même pour un stage de zen à Angers, nous laissant sa maison à partir d'aujourd'hui six heures jusqu'au dimanche suivant. Ça nous laissait le temps de nous retourner. Pour quoi, je n'en savais encore rien. En tout cas, le départ de ce type tombait à pic.

Évitant la quatre-voies trop fréquentée, nous traversions la forêt de Paimpont, l'aiguille du compteur rivée sur le quatre-vingt-dix. Je ne pensais plus à son histoire de carnet, ni même au revolver sous le siège. Je pensais à la petite — tu parles d'un protecteur…

À la mort des parents, j'avais fait une demande pour devenir son tuteur, mais je n'étais pas le seul : les Viocs aussi s'étaient manifestés, prétextant que je n'avais ni les moyens ni la moralité pour m'occuper d'elle… Et la justice venait de leur donner raison. J'avais essayé de revoir Mathilde, au moins pour lui expliquer, mais les Viocs n'avaient rien voulu savoir… En y repensant, je ne sais pas ce qui m'avait retenu de leur foutre sur la gueule… Où était-elle à cet instant précis ? En colonie ? Chez eux ? Je ne l'avais pas trouvée là-bas, ils l'avaient pourtant collée quelque part…

Un pauvre type ayant tordu l'antenne de la Poubelle, nous n'avions pas d'infos à la radio. Les nouvelles seraient de toute façon mauvaises et j'étais plus préoccupé par d'éventuels contrôles de police. La pendule du tableau de bord affichait six heures trente lorsque, après un long périple sur les départementales du centre Bretagne, Alice bifurqua en direction de Locmaria-Plouzané.

— Comment il s'appelle déjà, ton copain ?

— Philippe Mavel.

Locmaria-Plouzané était un village de bord de mer avec ses maisons blanches en ardoise, sa crêperie, ses bistrots, son entreprise de travaux publics, « Le petit coup de pelle », ses menhirs, son pigeonnier en ruine, son fort à l'abandon et ses batteries commandant la pointe où défilaient les tankers, sa plage familiale et ses « Lions de Trégana », le club de football. La maison de Philippe Mavel se situait à la sortie du bled, près des rochers susnommés, à l'abri d'un bosquet d'acacias qui bordait la départementale.

— On sera tranquilles ici, dit Alice en claquant la portière.

La pelouse du jardin laissait à désirer mais il n'y avait pas de riverains. Des grains de sable étaient éparpillés sur le paillasson : dessous, la clé de la maison. Je posai les sacs de victuailles sur les dalles, évaluai le jardin :

— Et si la police apprend qu'on est ensemble ? Ils vont vite savoir que tu es là…

— Allez entre.

Les papillons de nuit se suicidaient avec énergie à la lumière de la terrasse. Bien qu'affamé par cette journée de jeûne, j'avais à peine touché aux rougets d'Alice : il y avait le député, la police à nos trousses, Mathilde et ce maudit revolver…

Je me tournai vers elle, qui empilait les assiettes sur la table de jardin.

— Maintenant il serait temps que tu m'expliques, dis-je en substance. C'est quoi cette histoire de mode d'emploi ?

Deux soleils noirs luisaient dans mes pupilles. On jouait notre amitié dans cette affaire : ça me rendait nerveux. Alice redressa son mètre soixante-dix, évita mon regard chargé de reproches et fila vers le salon, emportant avec elle une cigarette et une bonne quantité de mystère féminin.

Quand elle réapparut, la boîte à chaussures trônait dans ses mains.

— Tiens, dit-elle en la posant sur la table. Tout est là.

J'ôtai le carton. Sur le livre de Lacenaire, cinq balles ricochaient dans les coins de la boîte. La trousse était devant moi, avec le revolver mais je n'avais pas envie d'y toucher.

— Sous le livre… précisa-t-elle.

Caché sous les *Mémoires* de Lacenaire, il y avait un petit carnet. Un bleu. En papiers collés sur la couverture, on pouvait lire : *Activité ludique à hauts risques pour un été maussade ou Rachetez-vous une âme en six coups.*

Je fronçai les sourcils :

— Qu'est-ce que c'est que ça ?

Alice avait l'air embarrassée :

— Eh bien, lis…

Aujourd'hui c'est votre anniversaire. Peut-être certains de vos amis vous ont-ils ménagé une petite surprise ? Sans vouloir vous surcharger d'efforts, nous vous prions de bien vouloir remplir ce questionnaire (même si vous pensez que, dans le fond, c'est un jour à la con)…

1. Croyez-vous que ce jour soit l'occasion de :
a) tout envoyer promener
b) faire un bilan
c) s'allonger au soleil, s'il y en a, et ne penser à rien
d) prendre une bonne cuite
e) disparaître
f) ressortir du placard ses jouets d'enfant
g) s'inscrire à un stage de « cri primal »
h) jouer le jeu.

2. Pensez-vous qu'au cours d'une telle journée l'on puisse décider de changer tout, tout au moins sa vision du monde ?

a) c'est le jour ou jamais
b) ne préfère pas en parler
c) jour à la con, rien à en tirer
d) qu'est-ce qu'elle a, ma vision du monde ?

3. C'est votre anniversaire. Dans quel état d'esprit êtes-vous ?
a) déprimé et/ou euphorique
b) n'ai pas du tout envie de le savoir
c) en colère noire
d) proche du cri primal
e) refuse de répondre.

4. Maintenant imaginez : vous recevez pour cadeau d'anniversaire une boîte à chaussures dans laquelle vous trouvez : deux pinces, un livre, une épingle à chapeau, un paquet de feuilles à cigarettes, un revolver et six balles. De quel ordre est votre surprise :
a) reste sans voix
b) je n'en attendais pas moins
c) me suis trompé d'ami(e)
d) me mets en colère noire
e) n'ai aucune imagination
f) qu'est-ce que c'est encore que cette connerie ?

5. Vous choisissez de prendre le revolver pour :
a) tuer tout le monde
b) essayer d'impressionner vos amis et surtout vos ennemis
c) amuser la galerie
d) le porter sur vous, car il vous donne de l'importance
e) le transformer en vase

f) dire que vous êtes désolé mais ça ne colle pas du tout avec votre look

g) enfin comprendre qu'il s'agit d'un jeu.

6. Vous avez avoué plus haut que cet anniversaire pouvait être le moment de faire un bilan, tout au moins de jouer le jeu.

a) vous attendez que les objets enfermés dans la boîte à chaussures s'animent et vous révèlent votre mission

b) vous êtes sûr d'avoir reçu la panoplie du justicier, type Cluedo, en plus mystérieux

c) vous faites le bilan en réécrivant votre vie dans le livre ci-joint (l'épingle à chapeau vous sert à vous creuser la tête), vous l'attachez à une ficelle pour être sûr qu'il ne puisse plus bouger, vous testez sa rigidité avec la pince avant de vous décider à l'achever avec les six balles qui restent.

d) vous comprenez que cette arme est un moyen d'assassiner vos pensées parasites, vos sales petits secrets ; vous pourrez ainsi les inscrire sur les papiers à cigarettes, dégoupiller les balles en vous aidant de la pince, bourrer les petits papiers à l'intérieur grâce à l'épingle à chapeau, puis refermer le tout, choisir un endroit désert pour cracher votre Valda et enfin passer à l'acte…

Je refermai le carnet. De l'autre côté de la table, Alice guettait ma réaction.

— Tu n'aurais pas pu me donner ça avant ?

— C'était dans la boîte à chaussures, sous le livre, dit-elle doucement. C'est toi qui ne l'as pas vu. Depuis le temps, je croyais que tu savais…

— Que je savais, que je savais… je maugréai au lieu de lui casser la gueule. Bon Dieu, ton jeu a vraiment mal commencé, Alice…

À croupetons sur sa chaise, elle se réchauffait les bras.

— Ça consiste en quoi exactement, ton truc ? relançai-je. Une confession sur papier ?

— Si on veut… Ça te fait peur ?

Je ne répondis pas. Pas tout de suite. À vrai dire, l'idée d'envoyer des petits papiers au diable ne me plaisait qu'à moitié.

— Tu aurais mieux fait de m'offrir un tir au pigeon, grognai-je pour faire bonne figure. C'est con comme la lune mais c'est moins dangereux…

Alice sourit du bout des lèvres.

Oscillant entre la colère et une forme de soulagement, je relus la première page du carnet : *Activité ludique à hauts risques pour un été maussade ou Rachetez-vous une âme en six coups*.

Le mode d'emploi du revolver.

Je jetai un regard noir à la fille qui grelottait sur sa chaise :

— C'est ça que tu appelles s'envoyer en l'air ?

4

Un arrière-goût de Fuego

Une campagne monotone défilait derrière les verres fumés. Luis conduisait la BM, un cure-dent à la bouche mastiqué depuis le Pays basque. Assis à ses côtés, Martial consultait la carte détaillée de la région. C'était bien le diable s'ils avaient échangé deux mots depuis l'échangeur et l'Espagnol ne semblait guère disposé à épiloguer sur les raisons qui les avaient menés là. Bon sang, se disait Martial, qu'est-ce qui avait bien pu passer par la tête d'Alice ?

Au départ, Luis ne devait rester que quelques jours en planque chez lui, à Bayonne : après l'opération de la semaine dernière, il valait mieux se mettre au vert et attendre les nouvelles avant de repartir pour l'Espagne. Dès son arrivée, Martial avait été impressionné par son calme, sa silhouette de matador, ses longs doigts manucurés et le gros revolver qu'il tenait dans son bagage. Les deux hommes ne s'étaient jamais rencontrés.

Luis, prudent, avait seulement déclaré être originaire de Donastia — San Sebastian pour les autres. Il était rarement sorti du pavillon et toujours pour des raisons non évoquées, gardant le silence sur ses activités, ses contacts à l'extérieur, jusqu'à l'arrivée de sa sœur.

Elle qui ne passait presque jamais chez lui trouva ce moment précis pour venir lui empoisonner l'existence. Martial avait bien tenté de lui expliquer qu'elle ne pouvait pas rester, qu'il hébergeait quelqu'un d'important, Alice fit comme d'habitude son petit numéro.

L'Espagnol n'avait pas tardé à se détendre, puis à s'intéresser, voire à carrément se laisser aller : ils avaient bu une première bouteille quand il lui proposa de dîner en leur compagnie. Martial n'était pas chaud mais Luis avait prononcé plus de mots en une heure qu'en trois jours avec lui. À table, et à sa plus grande surprise, Alice parla de ses amis de Jaraï, l'organisation de jeunesse des radicaux, et de l'exposition qu'elle préparait en vue de défendre la « cause ». L'autre opinait du chef, appréciant visiblement ses connaissances, le vin de pays et ses beaux yeux bleus.

À la deuxième bouteille, les siens brillaient comme des pleines lunes. Martial les abandonna à la troisième et partit se coucher en maudissant sa sœur.

Il ne sut jamais ce qui s'était passé après le repas, ce qu'ils avaient bu ou fait, mais au matin, Luis s'était réveillé sans son arme. Et ça, ça ne lui avait pas du tout plu. « Retrouve-la, et vite », avait-il dit dans ce qu'il fallait bien prendre comme un ultimatum. À trois semaines d'une opération préparée depuis des mois, il était en effet hors de question de laisser son revolver dans la nature — et encore moins d'en informer ses supérieurs…

Aujourd'hui encore, Martial se demandait pourquoi Alice s'était enfuie avec le revolver d'un activiste, et ce qu'il faisait là, lui, à la poursuivre, alors qu'il n'avait jamais rien compris à sa sœur.

Rien.

Elle et lui avaient été séparés à la mort de leur mère. Quand leur tante s'était décidée à la rapatrier, il avait déjà ses habitudes au pays et à dix ans, elle était déjà irrécupérable : Alice n'en faisait qu'à sa tête. Le genre d'élève à se retrouver, la même année, à la fois première et dernière de classe — avec le sourire par-dessus le marché. Plus tard, à vingt ans, alors que Martial se demandait si elle n'était pas lesbienne, Alice était tombée brusquement enceinte : bien qu'on ne l'ait jamais vue boire auparavant, elle s'était alors pris une cuite de quatre jours et quatre nuits avec le premier venu jusqu'à ce que mort s'ensuive, puis elle était brusquement partie en Thaïlande pour, paraît-il, construire des cerfs-volants, avant de revenir deux ans plus tard sans plus d'explications, mais toujours avec le sourire.

Alice semblait depuis vivre de l'air du temps mais sous ses airs d'ange en cavale, Martial s'en méfiait. Car si lui ne comprenait rien à sa sœur, Luis, très à cheval sur l'honneur et la famille, le tenait en partie responsable du vol.

— Retrouve-la, avait sifflé Luis, et vite.

Pas besoin d'être neuropsychiatre pour saisir la menace.

Après une fouille minutieuse de l'appartement de sa sœur, Martial avait interrogé ses amis, sans succès : Alice semblait avoir quitté la ville.

Ils dénichèrent sa piste trois jours plus tard — un aller simple pour Rennes, pris l'avant-veille en gare de Biarritz…

La BM roulait maintenant à vive allure sur la quatre-voies. Encore quelques kilomètres et ils arriveraient dans la capitale bretonne. Muré dans ses pensées, ses longues mains à plat sur le volant, Luis mâchouillait les restes de son cure-dent.

Il aimait bien sa BM. C'était une 520 i grise, avec six cylindres qui ronronnaient à ses pieds. Confortable, spacieuse, puissante, la berline avait en prime des papiers en règle et une excellente tenue de route. Luis ralentit à l'abord des grandes surfaces qui délimitaient les faubourgs de la ville et, pour la première fois depuis Niort, se tourna vers le passager.

— Et si ta sœur n'est pas chez le type ?

Martial esquissa une grimace d'impuissance. Évidemment, il avait songé à cette issue.

— J'ai retrouvé du courrier à lui chez elle, dit-il. À ma connaissance, c'est la seule personne qu'elle connaisse ici.

Luis n'avait pas l'air convaincu.

— On sait ce qu'il fait au juste, ce type ?

— Bah, il édite une revue, une sorte de magazine… Alice lui envoie régulièrement ses photos. Je crois aussi qu'elle s'occupe des illustrations…

Luis cracha par la vitre tandis qu'ils dépassaient les barres d'HLM des quartiers sud.

— Ta sœur, de quel bord elle est au juste ?

Martial fit la moue : gamine, Alice préparait souvent à manger pour les sympathisants en réunion de cellule chez la tante, mais si elle avait été bercée par la politique, elle semblait s'en soucier comme de l'horoscope. C'est pour ça qu'il avait tiqué quand elle avait parlé de son expo avec les gens de Jaraï… Ils atteignaient le centre-ville. Plié sur son plan, Martial indiquait le chemin.

— La rue Duguesclin est à droite, après la cathédrale, dit-il. Le type habite au numéro 3… Qu'est-ce qui se passe maintenant ?

Sa voix chevrotait légèrement : le Basque lui avait dit qu'il récupérerait son arme, il n'avait pas dit comment.

— J'aviserai, répondit-il d'une voix blanche.

Son visage se raidit tout à coup : la rue en question était infestée de policiers. Des barrières de sécurité bloquaient le passage tandis que des inspecteurs en civil claquaient les portières des véhicules banalisés. La BM empiéta sur le trottoir.

— Va voir ce qui se passe ! siffla Luis.

Quand Martial revint deux minutes plus tard, son visage avait changé.

— Un député a été assassiné, dit-il dans un souffle. Hier soir, à son domicile : au numéro 3.

Luis resta un instant sans voix, le temps de faire le rapprochement, puis il s'ouvrit d'un rictus amer : dans sa bouche, comme un arrière-goût de Fuego…

5

À la belle étoile

« Bonjour monsieur Le Cairan ! Alors, comment allez-vous monsieur Le Cairan ? Bonjour monsieur Le Cairan ! Alors, comment allez-vous monsieur Le Cairan ? »

Un sourire électoral flanqué sur les lèvres, Philippe Rogemoux répétait sans cesse les mêmes paroles, poignée de main à l'appui, comptine lugubre résonnant dans ma tête d'égaré contre son gré. Je le regardais, effaré, dans la situation de celui qui retient son souffle en se demandant s'il pourra de nouveau respirer. Le député n'arborait plus le pyjama à rayures qu'il portait la nuit du meurtre mais un costume bleu nuit impeccable assorti à une cravate jaune pâle du plus bel effet : « Bonjour monsieur Le Cairan ! Alors, comment allez-vous monsieur Le Cairan ? » Il s'adressait à moi comme à un vulgaire électeur, sans même attendre de réaction, il me parlait le plus naturellement du monde alors que, bon Dieu, il voyait bien la balle dépasser de sa putain de chemise blanche !

Il y avait le trou laissé par l'impact et le petit bout d'acier qui débordait de la chair boursouflée, retournée, juste au niveau du cœur, la balle qui montrait sa sale gueule ensanglantée pendant que l'homme souriait, apolitique, le visage serein, sans peur, sans doute ni reproche, presque innocent…

« Bonjour monsieur Le Cairan ! Alors comment allez-vous monsieur Le Cairan ? »

Dans le port à marée basse, les bateaux dormaient sur la béquille. Des gens, peu. Tombée sur le toit du ciel, la chape de nuages gris rendait l'océan vert émeraude. Installé à la terrasse du bistrot, je repoussai le journal, dégoûté — le goût de moi s'était évaporé de l'autre côté de l'horizon.

Je n'avais pas dormi de la nuit, ou alors pour sombrer dans des cauchemars qui depuis me suivaient partout comme des chiens, de la chambre à la salle de bains, de l'escalier à la cuisine, sur la terrasse où nous avions déjeuné avec Alice, à la plage et jusque dans la mousse de ma bière… En page deux du *Télégramme*, on ne parlait plus que du meurtre du député : des douze Irakiens, dont trois enfants, massacrés dans le week-end, rien ou presque. Des spécialistes de l'antiterrorisme étaient sur l'affaire, toutes les pistes seraient vérifiées, toutes les filières remontées. Car personne n'était au-dessus de la justice : nul. C'était marqué noir sur blanc par l'éditorialiste. Il suffisait de lire.

Depuis, les mouettes qui tout à l'heure festoyaient dans la vase tournoyaient au-dessus de moi comme autant de mauvais augures. J'étais seul à la terrasse, Alice était partie « faire les boutiques » dans le petit centre-ville, prétextant n'avoir plus rien à se mettre. Ce n'était pas faux : outre le sac à patates qui lui servait de pantalon, elle portait depuis trois jours sa chemise de garçon trop grande, une vieille paire de Springcourt blanche et le K-Way que nous avions apporté au mariage au cas où on dormirait dehors.

Nous avions passé l'après-midi sur la plage du Corsen, réputée pour son sable blanc, ses rouleaux et ses homos. Hormis le cauchemar de la nuit passée, ma haine pour moi-même et un vendeur d'herbe pas mauvaise du tout, personne n'était venu nous importuner. Alice s'était même baignée, deux fois. J'en avais profité pour relire le carnet-mode d'emploi du revolver.

Il consistait en quoi au juste, son jeu ? Une espèce d'autoanalyse à la tire-moi dessus ? Ce n'était pas en tuant des gens que j'allais résoudre mes problèmes. Et puis si Alice était la championne des jeux de plage dadaïsto-lacaniens, qu'est-ce que tout ça valait aujourd'hui ? J'allais dire quoi aux flics ? « Excusez-moi, c'est ma vieille copine Alice qui m'a offert un Smith & Wesson quelques heures avant le meurtre mais je n'avais pas lu le mode d'emploi, il était caché sous les *Mémoires* de Lacenaire, le fameux hors-la-loi, et un couple de vieux amants a débarqué au moment où je découvrais mon cadeau d'anniversaire : vous comprenez ? »

Non, personne n'allait rien comprendre. Car c'est bien moi qui avais appuyé sur la détente. Alice m'avait certes refilé un cadeau empoisonné, mais elle n'avait rien à voir dans ce qui était arrivé.

J'achevai ma bière en considérant d'un œil torve les mouettes qui ricanaient au-dessus du port et attendis, maussade. Griffonnai quelques mots sur le carnet de voyage acheté un peu plus tôt dans un bazar, en vain : l'océan avait beau m'aguicher avec ses reins d'écume, la mort du député me polluait l'esprit.

Passant à hauteur, une mouette me conspua.

Pauvre conne.

J'en étais là quand la brise laissa échapper un petit morceau de papier du carnet que je consultais, papier qui après un bref envol s'échoua sur la table humide.

L'écriture était fine, déliée :

Y a-t-il une ou plusieurs raisons de regarder son masque ?

[] pas le temps
[] oui
[] TRM

Je ne pouvais plus me voir en peinture, ni en masque, en rien.

Alice arrivait comme si de rien n'était, silhouette dégingandée dans le pantalon sans forme qu'elle traînait toujours. Son nouveau tee-shirt, en revanche, était très joli.

– Alors ? elle demanda.

– La DST est sur le coup, dis-je en désignant le journal posé sur la table.

– Tu croyais peut-être qu'ils allaient envoyer Rintintin ?

Comme la patronne du café approchait, Alice commanda un verre de vin blanc. Du coup moi aussi. Un double.

— Ils ont des témoins ?

— Non. Enfin, ils n'en parlent pas...

— C'est déjà ça, dit-elle, stoïque.

— Parce que avec la DST au cul, tu t'imagines peut-être qu'on va s'en sortir ?

— Ça dépend.

— De quoi ?

— Bah ! De toi ! fit-elle comme une évidence.

— On est deux dans cette histoire, non ?

— La petite, tu y as pensé ?

Je ne faisais que ça...

*

Alice avait les cheveux bruns, au carré, avec une frange courte coupée un peu n'importe comment — à se demander si elle ne le faisait pas elle-même, ou exprès. Ses yeux étaient bleus mais il ne fallait pas s'y tromper : c'est elle qui avait ramassé le revolver sur le trottoir, elle qui m'avait traîné jusqu'à la Poubelle, qui avait pris le volant et décidé de fuir plutôt que de me laisser en pâture à la justice.

C'est toujours elle qui avait trouvé une planque chez son copain d'enfance et décrété la politique de l'autruche en attendant de voir comment les choses évolueraient.

Pourquoi prenait-elle tous ces risques ? Mes beaux yeux ? Il n'avait jamais été question de ça.

Je la trouvais seule, contraceptive, animale, odorante et résolue à une discipline de fer. Pas du tout mon style. Nous cultivions nos différences avec assiduité, collaborions de loin et nous retrouvions pour les vacances sans cesser de nous écrire le reste du temps. Alice était ma meilleure amie, la fille avec laquelle j'aimais passer le plus de temps. Nous ne parlions pas beaucoup de nous, encore moins de nos amours — fulgurants, interchangeables, saisonniers. Je connaissais ses photos, ses graphismes et ses dessins, ses idées tordues, sa forte propension à subvertir son entourage mais à peu près rien de son passé, ni même ce qu'elle fichait au Pays basque. Je savais qu'elle y avait un frère et qu'elle y faisait des « expos ».

Des expos de quoi ? De flingues ?

La lune pliait sous le poids des nuages. Les yeux mi-clos, j'observais les ombres qui dansaient au plafond de la chambre.

La maison de Philippe Mavel était silencieuse, le temps suspendu aux bruissements des arbres. Alice dormait dans la chambre d'à côté, le vent envoyait ses murmures à la mer toute proche. La police à mes trousses, la petite sur le carreau, l'instinct de mort, toute cette bouillie qui s'accumulait dans ma tête et rien qui me permît d'en faire une pensée.

Je songeais aussi aux Viocs, à mes parents, qui n'avaient rien trouvé de mieux que de mourir au printemps sur l'autoroute du soleil, à mes autres frères et sœurs, dispersés aux quatre vents... Je songeais surtout à Philippe, le cadet, dont je me sentais si proche… Les bruits de la nuit me rappelaient la colonie de vacances où je passais tous mes étés, sans lui, près de Quiberon, quand la lueur du phare traversait le dortoir avant de repartir vers le large sans jamais donner signe de lui…

S'il est vrai qu'on ne choisit pas sa famille biologique, j'avais appris à m'en passer. Mes parents faisaient en effet partie de ces gens que la fusion rend mauvais. Inconscients, inconséquents ou égoïstes, ils avaient semé des enfants comme on plante des fleurs dans la mauvaise herbe : pour voir si ça pousse. Et quand ça poussait, ils laissaient le bouquet aux grands-parents qui, ravis de la récolte, s'occupaient de notre éducation. Chacun d'entre nous avait ainsi passé ses week-ends et ses vacances dans la grande maison de La Baule, chez les Viocs, avant de partir pour l'école primaire et la pension. Dès lors les parents ne revenaient plus qu'un week-end sur deux, toujours chez les grands-parents, ou pour les vacances, que nous passions le plus souvent à la colonie. Les parents passaient à l'occasion, notamment pour les fêtes.

Je les avais croisés pour la dernière fois à la mort de Philippe, qui venait de se tirer une balle dans la tête — ça n'allait pas fort. Les parents étaient venus avec leur camionnette, ils avaient demandé les clés aux flics, puis vidé la chambre (tout au plus le matelas pouilleux, la table de camping, le réchaud et les trois babioles que traînait le malheureux), avant de repartir dans leur propriété de Royan, me chargeant au passage de régler les frais d'obsèques… Avec le recul, ils me faisaient penser à ces scorpions qui, lorsqu'une de leurs larves tombe du dos qui les porte, choisissent de la dévorer.

Maintenant qu'ils étaient morts, qu'avais-je donc à cultiver la haine qu'ils m'avaient apprise ? Par fatalité ? Atavisme familial ? Ces brutes avaient si bien cassé mon univers que, depuis, c'était comme si je passais mon temps à essayer de le relever… Bon Dieu, je ne voyais pas qu'il était mort, ce putain de monde ? ! On ne négocie pas avec le passé : il ne reviendrait pas et au fond n'avait jamais été. Ce soir-là, dans mon lit, je sentis le côté dérisoire et pathétique de mon combat… Alice avait raison : si on ne choisit pas sa famille, on peut l'envoyer au diable.

Il fallait tout recommencer, depuis le début.

Elle dormait en chien de fusil à la lueur du Velux, une main agrippée au drap, l'autre enfoncée dans la bouche, entre le pouce et l'index, comme elle faisait souvent. J'ai approché doucement :

— Tu dors ?

Aveuglée par le filet de lumière qui filtrait du palier, Alice eut un geste de repli.

— Oui.

Je devais faire une drôle de tête.

— Qu'est-ce qui se passe ? dit-elle.

— C'est au sujet de ton jeu…

Alice se réveilla alors complètement : j'acceptais.

La boîte à chaussures trônait sur la table du salon. Même les canaris s'étaient tus. Alice ouvrit la petite trousse de couture qui se trouvait à l'intérieur, saisit le paquet de « Zouave » et ôta une feuille extrafine du paquet.

— Tiens.

Alice s'éclipsa avec le reste de la boîte et referma la porte derrière elle, me laissant seul dans le salon, avec mon bic noir…

J'observai le crayon et le papier comme s'ils allaient bientôt me répondre. C'était ma première confession païenne, et j'hésitais un peu — où commencer ? Je cherchai un moment l'inspiration par la fenêtre mais le ciel me passa par-dessus, tous feux éteints. Alors sans fioritures, en quelques mots bien sentis, j'enterrai mon enfance. Du moins sur le papier…

Des effluves de poisson naviguaient çà et là quand j'entrai dans la cuisine où Alice bricolait, un vieux pull sur les épaules. Devant elle, sur la table de bois, une balle de calibre .44, l'épingle à chapeau et deux petites pinces. Je déposai le bout de papier criblé d'encre fraîche près du revolver.

— Tu crois que ça servira à quelque chose ?

Deux petites rides sabraient la commissure de ses yeux quand elle répondit :

— On va bien voir…

Serrant le sertissage à l'aide de la pince, prenant soin de ne pas renverser la poudre et la bourre, Alice ôta la douille et disposa le tout sur la table de bois. Je remarquai alors que la balle avait été perforée dans le sens de la longueur… Sans lire un mot de ce qui était écrit sur le papier à cigarette, adroite, méticuleuse, Alice roula le message secret et, s'aidant de l'épingle à chapeau, le glissa dans la minuscule anfractuosité cylindrique prévue à cet effet. Je hochai la tête, impressionné. Enfin elle remit la bourre, cala le projectile dans sa douille et referma le sertissage avec le même brio.

La balle était prête.

— On y va ?

Il faisait nuit noire dehors ; on a traversé la départementale qui passait au bout du chemin et suivi la lune jusqu'aux rochers de Trégana. Alice filait en tête à travers la lande, silhouette vague parmi les joncs que je suivais à la trace. Le vent grondait plus fort à mesure qu'on approchait des récifs. D'après elle, personne ne viendrait nous importuner. Alice venait là fumer des cigarettes avec Philippe Mavel : à part un ancien moulin à grain, le coin était désert.

Une volée d'embruns nous cueillit en bordure de précipice. En contrebas, la mer glissait sous la falaise, en ressortait toute blanche, dans un bruit de tonnerre… Alice fouillait dans son sac.

— Tiens, dit-elle.

Le Smith & Wesson luisait sous la lune, imbécile et lugubre. J'hésitai un instant avant de l'empoigner. Dans ma main, l'arme était lourde, menaçante. Alice recula d'un pas. Seul devant la mer, pensant à tout, à rien, au reste, j'armai le chien et visai le ciel… L'écume crachait sur les cailloux en contrebas comme moi sur mon passé : d'un coup sec, je logeai le cadavre de mon enfance tout là-bas, à la belle étoile.

6

Une âme en six coups

Mc Cash avait perdu son œil à Belfast, lors d'une rixe dans une taverne infestée de soldats anglais. Depuis cet accident de jeunesse, l'Irlandais ne se faisait aucune illusion : pour les gens, il n'était qu'un bandeau. Un bout de cuir noir au travers du visage, guère plus. Pour preuve, son infirmité avait l'heur d'amuser : Moche Dayan était pour lui un surnom courant. Pour les plus jeunes, c'était « le pirate ». Dans tous les cas, Mc Cash passait « aperçu ». Ou plutôt, il ne passait jamais pour ce qu'il était. Son image l'avait en quelque sorte dévoré.

Puisque son infirmité n'inspirait aux Hommes aucune compassion (comme si on pouvait tomber aveugle mais pas borgne) il avait vite appris à se désintéresser naturellement de ce qu'il appelait son « angle mort » : mangez à sa droite et il ne vous adresserait pas la parole. Laissez-le conduire et il vous faudrait des trésors d'ingéniosité féminine pour qu'il daignât vous adresser un regard.

Son côté droit était vulnérable : il se méfiait des attaques, comme un animal.

De ses origines irlandaises, Mc Cash ne gardait que les séquelles d'un fort tempérament celte : quand il était calme, il écoutait les Stiff Little Fingers (des Irlandais) et J. S. Bach (un protestant), mangeait à n'importe quelle heure, buvait de la même manière et faisait l'amour dès que l'occasion se présentait — ce qui n'était plus si fréquent, avec ses cinquante ans qui lui tombaient dessus...

Il habitait le trentième étage de la tour des Horizons, sorte de cheminée titanesque plantée au bord du fleuve coulant le long des Quais, la Vilaine, laquelle portait bien son nom avec son parking sur le dos. L'appartement en lui-même ne valait guère mieux. Mc Cash n'avait touché à rien depuis le départ de son ex-femme, six ans auparavant : comme ils cassaient alors les cloisons pour agrandir leur espace vital, tout était resté en chantier. Il avait bien consenti à ramasser les gravats dans des sacs en lin, mais comme ils les avaient entassés devant la cheminée, ils étaient toujours là, otages de sa paresse, couverts de poussière.

Un malstrom de fils électriques pendaient des murs délabrés mais il ne craignait rien : aucun enfant ne venait jamais chez lui. Quant au matériel accumulé par leurs années de vie commune, il le laissait tomber en panne sans prendre soin d'en changer.

Avachi dans le canapé du salon livré un jour de petite déprime, Mc Cash regardait d'un œil morne la télévision où, afin d'épater la fille assise à ses côtés, le héros, un flic, plaquait son gyrophare hurlant sur le toit de sa Renault 30 avant de se faufiler dans l'embouteillage qui les bloquait. Un film français des années soixante-dix. Sa jeunesse : l'Irlande occupée lui détruisait un œil avant de lui claquer la porte au nez, et lui se retrouvait à vingt-cinq ans en terre d'accueil, dans un pays qui venait de rater sa révolution.

Il ne se plaignait pas, la décade suivante avait été pire : Reagan, Thatcher, Berlusconi, l'apologie du toc, l'art en parts de marché, le son le plus ringard jamais produit en rock, le Paris-Dakar, la 205 Peugeot, partout un mauvais goût clinquant et carnassier, sans parler de son entrée dans la police, de son premier divorce… Mc Cash avala une gorgée de whisky, frotta ses cheveux pas coiffés, chassa ses pensées et jeta un œil aux papiers officiels étalés sur la moquette.

Par une sorte de curiosité malsaine, il s'était procuré le dernier rapport de police concernant le meurtre qui défrayait la chronique. D'après celui-ci, Philippe Rogemoux avait été touché au cœur, blessure qui avait provoqué la mort, quasi instantanée. L'homicide avait eu lieu au domicile de la victime dans la nuit de samedi à dimanche, à trois heures et quart du matin, sans qu'aucun témoin n'ait pu établir le portrait d'un suspect. Une locataire de l'immeuble (Gwénaëlle Magadec) avait cru entendre un bruit de portières et le départ d'une voiture, mais rien de très fiable. Selon les premiers éléments de l'enquête, un seul coup de feu aurait été tiré, de la rue, alors que la victime se trouvait derrière la fenêtre du salon. Rogemoux ayant été exécuté alors qu'il venait d'obtenir son mandat, il pouvait s'agir d'un règlement de comptes ou d'un acte terroriste : l'Armée Révolutionnaire Bretonne a fait sauter plusieurs perceptions ces temps derniers et l'on prêtait des intentions belliqueuses à plusieurs groupuscules régionalistes, en plein revival depuis l'avènement de la mondialisation.

Les résultats de la balistique corroboraient cette piste. D'après l'expertise, l'arme du crime, de calibre .44, était probablement issue du lot de Smith & Wesson détourné quinze jours plus tôt au Pays basque espagnol.

Suite à cette annonce, des unités spéciales avaient été mises en place sous le haut commandement du préfet Basillac. Le crime n'avait pas été revendiqué mais on suspectait en priorité l'amitié basco-bretonne et les ramifications entre groupuscules régionalistes extrémistes insoumis à l'autorité de l'État. Le plus intrigant provenait cependant de la balle mortelle : elle avait été percée en son centre, dans le sens de la longueur, probablement par un foret.

À quelle fin ? Le rapport ne le signalait pas.

Rien n'avait été volé, aucun signe d'effraction, juste un impact de balle dans une fenêtre et des éclats de verre par terre…

*

Un groupe de noctambules se dirigeait vers le haut des Lices et les bars de nuit adjacents. La pluie tombait sur la rue Duguesclin quand Mc Cash leva les yeux : la fenêtre du député se situait au deuxième étage et selon l'angle de tir de l'expertise, le tueur devait se trouver approximativement ici, au milieu de la rue, bras tendu dans un angle de 45° afin d'atteindre sa cible… Un vrai travail d'amateur, mais un sacré bon tireur…

Le policier composa le code d'accès et grimpa au troisième étage. Pas un bruit sur le palier. Après un moment d'hésitation, il décida de s'introduire par effraction chez Le Cairan afin de chercher un moyen de le joindre plutôt que de demander une commission rogatoire pour perquisitionner : la commissaire avait d'autres lièvres et il fallait qu'il réponde à sa nouvelle liste, écrite sur son carnet rouge.

« 1. Le Cairan est-il parti en vacances comme le prétend sa voisine ?

2. Est-il rentré chez lui samedi soir ?

3. Si oui, a-t-il vu quelque chose ayant rapport au meurtre du député ?

4. Dans ce cas, pourquoi ne répond-il pas à l'appel à témoins ? »

Rodé aux délits mineurs, l'Irlandais n'eut aucun mal à forcer la porte de l'appartement — la serrure était d'un modèle courant et le locataire n'avait pas fermé à clé.

Le voisin du député habitait un petit deux-pièces « avec poutres », soit quarante mètres carrés répartis en une grande cuisine mal épongée et une chambre non rangée. Rapide panoramique sur la cuisine : un vieux fauteuil, trois chaises dépareillées, une table de bois miteuse, une étagère où trônait une batterie de verres à vin, seuls survivants d'une vaisselle ébréchée à coups de canons. Par terre, du linoléum. Rien d'original, pourtant Mc Cash ressentit un étrange pressentiment. Les choses étaient à leur place sans vraiment l'être, comme un manque d'harmonie… Dans l'entrée, une glace poussiéreuse où il croisa son visage émacié. Scotchée à la porte, la couverture d'un vieux *Paris-Match* où Michel Sardou pleurait la mort de sa mère, un micro à la main, avec la légende « maman ce soir c'est pour toi que je chante ». Mc Cash poussa la porte de la chambre. Le lit était défait ; des vêtements traînaient sur la moquette, des livres, des papiers, le tout éparpillé aux quatre coins de la pièce. Petit picotement dans le cœur. Cette fois-ci, c'était plus qu'une impression : l'appartement avait été fouillé.

Les types de la DST ? Pour quel motif ? Quelqu'un était venu ici, quelqu'un qui cherchait quelque chose. Quoi ? Dans un tiroir de la table de nuit, un couteau à cran d'arrêt. La lame était comme neuve. Sur le bureau, un sachet de cannabis. Il sentit. De la locale. Laissa. Continua à fouiller. Dans un placard, la télé : petite, grosse, sale, couleur. Par terre, un vieux magnétoscope, branché. Mc Cash s'agenouilla et jeta un œil aux papiers répandus sur la moquette. Courriers bancaires, rappels d'amendes impayées concernant une 504 Peugeot, convocation à la CAF pour des documents manquants, on trouvait un peu de tout. Il remarqua alors les lettres éparpillées alentour : des lettres manuscrites. Les formes étaient variées mais l'écriture identique. Toutes signées « Alice ».

Le borgne en parcourut quelques-unes et, n'y comprenant rien ou presque, abandonna : il venait de repérer la pile de magazines sous le bureau. Des exemplaires invendus, visiblement. Il en prit un au hasard, lut le titre, *L'Ankou Magazine*, et commença à se sentir vraiment agacé. Enfin, il trouva deux sacs de voyage, renversés derrière la porte. L'un d'eux abritait encore une culotte. Une petite culotte. Des affaires d'été gisaient là, comme si on les avait vidés. Parmi elle, un passeport. Si Le Cairan était parti en vacances, il n'avait pas quitté la France.

*

La vieille dame qui partageait le deuxième étage avec le député Rogemoux n'apporta guère plus d'éléments ; selon elle, le « pauvre monsieur Rogemoux » était un homme « courtois » pour ne pas dire « parfaitement bien élevé », et sa femme très « comme il faut ». Mc Cash prit congé.

La petite machine de guerre mise en place par le policier commença à donner ses premiers résultats : grâce à des pratiques courantes quoique illégales, il eut d'abord accès au compte courant de Le Cairan. Après examen des dépenses, il apprit que celui-ci avait retiré de l'argent avec sa carte bleue au Crédit Agricole de Cancale, le samedi du meurtre, à 17 h 42. Somme retirée : cinquante euros.

De lui, Mc Cash savait peu de chose, sinon qu'il partageait un courrier impressionnant avec une certaine Alice, laquelle semblait fournir l'essentiel des photos parues dans *L'Ankou Magazine*. Alice Arbizu — il avait lu son nom dans l'ours du canard.

Arbizu. Un nom basque. Comme la piste du préfet. Une fille, comme la propriétaire du petit sac de sport : c'était un peu maigre mais après un supplément d'information via ses réseaux illégaux, la nouvelle tomba sur son neuroscripteur : Alice Arbizu était avec Frédéric Le Cairan. (Distributeur du Crédit Agricole de Cancale, samedi 16 juin, 17 h 43. Somme retirée : cent euros.)

Puisque Le Cairan ne semblait plus utiliser sa carte bleue depuis son retrait à Cancale, Mc Cash fit vérifier les dépenses de la fille : ainsi on retrouva vite sa trace, d'abord à la station-service Total, le 30, puis à la poissonnerie « L'arrivage » de Saint-Renan (le 2 juillet), enfin à la Caisse d'Épargne du Conquet (le 4 — retrait d'argent liquide au guichet : cinq cents euros).

Saint-Renan, Le Conquet : la pointe du Finistère Nord. Ils traînaient peut-être encore dans les environs... Mc Cash partit en chasse, un jeudi.

*

Quelques moulins à vent à la retraite paissaient sur le bassin de l'Ildut.

La Safrane passa le Manoir de Goulven, pittoresque construction tassée sous un toit de mousse dont la particularité consistait en un profond dégueuloir où la jet-set seigneuriale venait jadis se soulager lors des fêtes, avant d'atteindre la route de Pen-ar-ménez qui menait au hameau de Tréganaet. Le bourg de Locmaria-Plouzané se situait juste après.

La petite ville du Conquet appartenant à la communauté de communes du pays d'Iroise, Mc Cash avait commencé par demander aux gendarmes des environs de le renseigner sur la présence d'une 504 bleu métallisé immatriculée 6667ND35 dans la région. Il poursuivait ses recherches de son côté quand la nouvelle tomba, soudaine, un samedi matin : le garagiste d'un village voisin affirmait qu'une 504 répondant au signalement était bien en réparation chez lui… Il fonça.

Les fanions ballaient mollement dans l'azur : Mc Cash se gara devant les pompes. Le garagiste bricolait à l'atelier, penché sur un moteur. C'était un petit homme sec au nez aquilin, de la limaille de fer sur le bleu de travail.

— Vous avez vu ce zigoto ?

Mc Cash brandissait une photographie empruntée chez Le Cairan.

— Hum, baragouina le type.

— Ils sont venus quand ?

— Hier soir.

Alice était donc toujours avec lui.

— J'allais fermer, ajouta le garagiste en passant ses paumes sur son bleu crasseux. Un pneu crevé à l'avant, fit-il d'un coup de tête vers les établis.

Mc Cash marcha jusqu'à la 504, couverte d'immondices. Il se pencha vers l'aile avant gauche et constata qu'elle était enfoncée.

— Ils ont eu un accident ?

— Pas que je sache.

— Il y a de la peinture grise sur la carrosserie.

Le garagiste haussa les épaules comme si on lui parlait de mathématique quantique. Mc Cash resta un moment au milieu de la limaille, indécis.

— Bon, et ils passent quand la rechercher ?

L'autre regarda sa montre pleine de cambouis.

— Ça fait une heure que je les attends. J'sais pas ce qui font, bougonna-t-il, mais moi je ferme : j'ai faim.

Il se nettoya les mains avec une graisse ocre.

— Quand ils ont déposé la voiture hier soir, reprit le borgne, ils sont repartis à pied ?

— Oui.

— Ils ne vous ont pas dit où ils habitaient ?

— Si : pas loin, ils ont dit…

Il inspecta ses mains, presque propres. Mc Cash allait repartir mais se ravisa. Le garagiste n'avait pas bougé.

— Vous rouvrez à quelle heure ?

— Après manger. Vers les deux heures.

— Hum… S'ils reviennent durant mon absence, dites-leur qu'ils feraient mieux de m'attendre…

Comme l'homme ne bougeait toujours pas, Mc Cash sortit de l'atelier.

Sa petite enquête auprès des commerçants du bourg confirma leur présence à Locmaria puisqu'une charmante crêpière lui signala qu'« Alice ? Oh ! Si elle est quelque part, c'est chez son copain Mavel ! On la voit plus souvent mais c'est ici qu'elle a grandi la petite ! ».

Il était une heure de l'après-midi. Mc Cash avait le temps de les intercepter chez ce Mavel qui, selon la dame patronnesse, habitait vers les rochers de Trégana.

Il tourna un peu en rond avant qu'un riverain ne lui indique la route exacte. Enfin, la Safrane du policier s'engagea sur le chemin de la maison.

Personne sur la terrasse. Il y avait des riverains mais pas de voisins directs. La mer était à trois cents mètres, derrière la haie de cyprès. Mc Cash claqua la portière, ajusta le bandeau dans le reflet de la vitre et traversa le bout de pelouse. Il y avait une table de jardin et un Velux ouvert à l'étage. Alerté par un craquement sec sous sa semelle, il inclina la tête vers le sol, s'agenouilla, vit les cartilages de crabe répandus sur la terrasse et frappa bientôt à la porte vitrée du salon.

N'obtenant pas de réponse, il poussa la clenche : c'était ouvert.

— Y a quelqu'un ?

Toujours le silence.

Le salon était sommaire — une carte maritime affichée au mur, un grand miroir en mosaïque, quelques vêtements posés sur les dossiers des chaises et le canapé, une affiche Zen, une autre des Red Hot Chili Pepper, des tasses vides sur les tables, un couple de canaris dans une cage… Mc Cash fouilla un peu, monta à l'étage : deux chambres semblaient occupées. Sur le sol de la première, il trouva un matelas, une couette tire-bouchonnée, une bouteille de vin vide, des affaires d'homme. L'autre était à peine mieux tenue mais les sous-vêtements étaient beaucoup plus sophistiqués. Il redescendit. Fouilla de nouveau. Le salon, la cuisine. Sur le bar, un petit carnet bleu.

Sur la page de garde, on pouvait lire : *Activité ludique à hauts risques pour un été maussade ou Rachetez-vous une âme en six coups.*

7

En guise d'épitaphe

Alice attrapa le cerf-volant posé sur la banquette arrière et commença à tripoter les longs rubans de papier bleu et blanc — un cadeau pour la petite, que nous venions de casser un peu plus tôt sur la plage de Brignogan, lors de son premier test de vol...

— Au fait, demanda-t-elle, tu sais où elle est, ta sœur ?

Le ton était léger, presque badin.

— Mathilde ? Non... À mon avis, elle doit être dans une colonie de vacances près de La Baule...

Alice déplia les ailes du cerf-volant. Les yeux dans le vide des panneaux Leclerc, je roulais en songeant aux courses contre l'écume qu'on ne courrait pas ensemble quand un bolide nous dépassa, manquant de percuter le camion qui venait en sens inverse.

— Abruti... maugréai-je.

Absorbée par sa réparation, Alice n'avait rien vu.

Voilà cinq jours que nous vivions à Locmaria, dans le pavillon d'un ami inconnu qui, volontairement ou non, s'exposait à une inculpation pour association de malfaiteurs — ou quelque chose comme ça. Depuis que j'avais envoyé promener mon enfance, je ne savais plus trop quoi ni comment faire… Égrenant ses petits sanglots crasseux, la Poubelle amorça une courbe. Alice évaluait les dégâts de sa dernière confection :

— Il me faudrait de la colle, dit-elle.

Je jetai un œil sur le jouet.

— On en trouvera dans un point-presse…

Mes yeux s'agrandirent : au bout de la ligne droite, face à nous, une voiture roulait à tombeau ouvert au beau milieu de la route. Une voiture grise. J'envoyai une série d'appels de phares mais le bolide se rapprochait sans rien changer de sa trajectoire. Cinquante mètres. Sentant le danger, Alice oublia le cerf-volant :

— FRED !

Je voyais bien, bon Dieu, qu'on allait le percuter ! L'autre ne ralentissait pas : trente mètres, vingt… Je passai la troisième, donnai un coup de volant sur la droite et coupai ma respiration : la mort était juste en face. Elle avançait : il suffisait presque de se pencher pour l'atteindre. Il y eut un choc violent, très bref. La Poubelle empiéta sur le bas-côté, chassa sur l'herbe, commença à déraper et, manquant de peu le fossé, reprit de l'adhérence sur l'asphalte. Là, elle zigzagua une poignée de secondes avant de continuer sa route, bordée de genêts.

— PUTAIN DE CONNARD !

Les mains encore rivées sur le volant, j'expulsai ma peur à pleins poumons. À mes côtés, Alice avait pâli. Nous qui ne croyions en rien venions de vivre un miracle. La Poubelle, elle, avançait comme s'il ne s'était rien passé. Nous étions vivants : incroyable... Les jambes flasques, le cœur au galop, des picotements dans le dos, un vague brouillard sur la perception des choses, je revenais peu à peu à la vie...

— Ne t'arrête pas, fit Alice, glaciale, avant de tendre le doigt. Prends la prochaine à droite.

J'obéis sans réfléchir. Moi aussi j'avais senti le danger. Le chauffard n'avait pas ralenti, il avait même poursuivi sa course suicidaire, or il nous avait forcément vus arriver. Forcément. Alice jetait des regards inquiets vers la lunette arrière.

— C'était la voiture qui nous a doublés un peu plus tôt, dit-elle.

— Tu es sûre ?

— Oui. Une bagnole grise. Elle nous a doublés il y a pas cinq minutes...

— Tu as vu qui conduisait ?

— J'ai aperçu deux types à l'avant. Enfin, je crois...

— Et la bagnole ?

— Une BM grise : un ancien modèle.

Alice se tut mais quelque chose n'allait pas — je commençais à la connaître.

— Tu crois qu'ils nous en voulaient ?

— Je ne sais pas, dit-elle.

Je pestais dans ma barbe — je n'aimais pas trop qu'on me fonce dans la gueule... La Poubelle filait maintenant par les routes de campagne. Elle faisait même un drôle de bruit.

— Je crois que la direction a pris un coup dans les carreaux, fis-je en secouant le volant.

— On n'est plus qu'à cinq ou six kilomètres de Locmaria…

De fait, nous arrivâmes sans encombre au village. L'accident que nous venions d'éviter me laissait un goût désagréable dans la bouche : était-ce un chauffard ? Quelqu'un qui nous en voulait à mort ? Après avoir constaté les dégâts sur la place du village, on s'est rendus chez le garagiste du coin — le pneu avant gauche était en train de crever.

Le type qui tenait la station allait fermer. La réparation ? Il verrait ça demain. Faudrait repasser vers midi. Midi, c'était d'accord. On est rentrés à pied à la maison, les jambes encore toutes dérobées…

— J'ai un mauvais pressentiment, dis-je.

Alice marchait, pensive, la tête inclinée vers les coquelicots qui pointaient dans les fossés. C'étaient nos fleurs préférées — elles meurent sitôt qu'on les arrache.

*

Le lendemain matin, je trouvai ça, en papier plié sous mon oreiller :

Désirez-vous renouveler l'expérience ?

[] oui

[] non

[] plutôt crever

[] TRM

De quoi parlait-elle ? De son jeu ? De tuer des gens ?

*

Dominant le goulet, les amers faisaient trois petites pyramides blanches. Plus bas, sous la lande, les vagues allaient et venaient, jamais les mêmes. La mer ne devait pas faire plus de quinze degrés mais Alice était partie se baigner, nue.

Sur le coup, je me demandai pourquoi je ne l'avais jamais désirée… Incapable de me concentrer, je finis par poser mon livre sur un napperon de lichen. Quand je relevai la tête, elle s'ébrouait dans les remous.

— Pas trop froid ?

À l'abri des rochers, elle revêtit son pantalon trop grand, sa chemise et remonta vers mon piédestal.

— Non, dit-elle.

Alice s'enroula dans une serviette, sans grelotter. Pas le genre.

— J'ai faim, annonça-t-elle en aiguisant ses jolis crocs. Tu as une idée de l'heure ?

J'évaluai le ciel à travers les nuages.

— Vers les une heure… Soudain, je me souvins : Merde, la Poubelle !

— Quoi la Poubelle ?

— On devait aller la chercher au garage à midi.

Elle rangea les affaires dans son petit sac à dos :

— Tant pis, on passera après déjeuner.

La faim au ventre, Alice avait réponse à tout.

Sur le chemin de terre qui nous ramenait à la maison, un soleil épileptique nous réduisit au silence. Les insectes filaient doux dans la garenne. Alice marchait devant, la serviette posée sur la tête comme si elle venait de se faire un shampooing. La maison se situait à trois cents mètres, derrière la rangée d'arbres. Elle dépassa le bosquet voisin et stoppa net :

— Qu'est-ce que c'est que ça ? dit-elle sans exiger de réponse.

De fait, je ne connaissais personne qui possédait une Renault Safrane.

— La voiture de ton pote peut-être ? hasardai-je en parlant de Philippe Mavel.

— Non, je parle du type sur la terrasse.

Bon Dieu, je ne l'avais pas vu celui-là ! Agenouillé sur les dalles, il y avait un grand type avec un bandeau noir au travers du visage.

Alice, plus prompte, me tira vers les feuillages.

— Merde : un flic !

Son doigt pointait l'écusson tricolore sur la plaque d'immatriculation :

La police.

L'État.

La Justice.

Le Jugement.

La Chute.

Cachés derrière les arbres qui bordaient le chemin, nous retenions notre respiration. Sur la terrasse, le borgne s'était relevé : il paraissait encore plus grand debout. Une sorte de géant, un putain de cyclope. Il frappait maintenant à la porte de la maison et, n'obtenant pas de réponse, il entra.

— La Poubelle ! souffla Alice.

On a couru jusqu'à la départementale, le cœur battant, vite hors d'haleine : les flics nous avaient retrouvés. Les flics nous avaient retrouvés. Comment, je n'en savais rien. On a dépassé la baraque à frites à la sortie du village, des frissons dans le creux de l'échine, comme si tout était foutu. Derrière les fanions colorés, le garage apparut : la Poubelle aussi, garée près des bouteilles de gaz, avec ses crottes de mouette sur le toit… Alice prit le volant pendant que j'allais régler le garagiste.

Ça puait l'huile de vidange quand j'entrai dans son réduit. Une brune aux lèvres, le type en bleu de travail m'observait comme une proie facile.

— C'est pour la 504 ?

— Oui. C'est combien la réparation du pneu ?

Le garagiste était beaucoup moins pressé que moi : il sortit une facture de son bureau et me lança d'un air entendu :

— Y a un type qui vous cherche. Un grand borgne.

— Un quoi ?

— Il dit qu'il est de la police.

— Un grand borgne ? Connais pas.

Je réglai la facture sans m'attarder sur la petite monnaie et récupérai les clés. De l'autre côté du comptoir, l'homme aux yeux secs continuait de m'observer comme si j'avais mangé de la vache folle.

— Il a demandé que vous l'attendiez, ajouta-t-il, l'air de ne pas y toucher.

— Je vous ai dit que je ne connaissais pas de borgne.

Je laissai le garagiste à sa facture et sortis. Alice attendait au volant, la tête inclinée vers la route où le flic pouvait surgir d'une seconde à l'autre.

— Filons !

Elle fourra la clé de contact, poussa la première et s'engagea sur la départementale. La peur de croiser une Safrane blanche nous suivit jusqu'à la nationale.

— La Poubelle nous a trahis, dis-je. Le flic est passé au garage.

— Le borgne ?

— Oui. Il a demandé qu'on l'attende.

On a roulé jusqu'à la quatre-voies de Brest, perdus dans nos pensées. Suite à l'ondée tombée sur l'asphalte brillant, un arc-en-ciel s'était pris dans la bruine que les voitures soulevaient. Guettant les rétroviseurs, Alice conduisait vite. Avec un délit de fuite, mon cas s'aggravait. Je lui en fis part mais elle m'envoya paître : si les flics nous avaient dénichés chez Mavel, c'est qu'ils savaient que nous étions ensemble…

Les camions rutilaient sous le soleil chromé, les roues de vélo tournaient sur les toits des autos, les gosses faisaient des grimaces depuis la plage arrière, les mises en plis mauves dépassaient des banquettes. Soudain je réalisai :

— Oh ! merde…

— Quoi ?

— On a oublié le carnet à la maison. Le carnet bleu : sur la table du salon.

Alice se crispa au volant.

— Le mode d'emploi, réalisa-t-elle à son tour. Le revolver : le flic va comprendre.

Je jurai en traînant sur les syllabes :

— Putain…

Jusqu'alors, mon seul espoir résidait en l'absence totale de mobile. Avec le carnet, la police comprendrait vite que nous possédions une arme… Alice se rabattit sur la file de droite et se cala derrière les autocollants d'une caravane de luxe. Il fallait agir, et vite. D'ici quelques heures, les flics de la région surveilleraient les gares, les ports, les stations-service, les agences de voitures de location, les aéroports, les TGV, les autoroutes, tous les grands axes. Un plan quelconque se mettrait en place.

— On ferait mieux de prendre les petites routes, dis-je.

Alice acquiesça, concentrée sur la quatre-voies. Tout allait mal. Ou de travers. Depuis le début. J'ouvris le vide-poche et consultai la carte Michelin. Éviter les grands axes, les villes, prendre les chemins de traverse, se perdre dans la nature…

— Commençons par abandonner la Poubelle, dis-je.

— Bonne initiative, fit-elle comme pour m'encourager à me débarrasser de mes vieilleries.

Je me penchai plus précisément sur la carte :

— Il y a une forêt pas loin.

— Où ça ?

— Sur la droite. Pas loin…

Un motard pressé fit hurler sa machine en nous doublant. La musique passait en sourdine dans l'autoradio.

Nous survolons des villes/
des autoroutes en friche/
diagonales perdues/
et droites au hasard…

Prochaine sortie, trois kilomètres : nous la vîmes ensemble, la ligne de fuite.

*

Au-delà des châtaigniers, trois collines pelées faisaient le dos rond. Marquant la fin de longs détours par les routes blanches de la carte Michelin, nous bifurquâmes vers un bois perdu du Finistère Nord, le bas de caisse cognant contre les branches mortes. Nous stoppâmes notre course au milieu des bruyères : le sentier s'arrêtait là, submergé sous l'assaut des fougères.

Alice coupa le contact. Plus loin des oiseaux chantaient, inconscients. On a sorti les duvets du coffre et, sans un mot, laissé la Poubelle contre un talus avant de nous enfoncer sous les bois en quête d'un endroit pour s'en débarrasser. L'idéal eût été de dénicher un marais qui l'avalerait d'une seule goulée mais nous n'avions rien vu de semblable sur la carte. Chacun partit de son côté, en éclaireur.

Ça sentait la terre fraîche sous la voûte des arbres. Loin de la route, les animaux avaient repris leurs activités : j'aperçus la queue rousse d'un écureuil quand la voix d'Alice perça depuis la futaie voisine.

— Fred ! Par ici !

Je la retrouvai bientôt en équilibre sur les rails d'une ancienne voie ferroviaire parsemée d'herbes folles ; devant elle, un taillis de ronces couvrait le toit effondré d'un ancien poste d'aiguillage.

— Qu'est-ce que tu en dis ?

— C'est exotique, le poste d'aiguillage.

— Ramène la bagnole, je vais te guider.

Je rebroussai chemin. La cime des arbres tanguait mollement dans le ciel, tout semblait tranquille : la Poubelle attendait dans le sentier, masse laborieuse penchée sur son destin de talus. Je pris le volant et, au prix de suantes manœuvres entre les troncs centenaires et les buissons, réussis à me garer contre le mur du bâtiment en ruine. Puis je fourrai les quelques affaires qui pourraient nous servir dans le sac plastique qui traînait sur le tapis de sol, jetai un dernier regard sur le cerf-volant posé sur la banquette arrière et m'extirpai de l'habitacle. Là, ce fut encore toute une affaire pour se sortir des ronces.

Près du poste d'aiguillage, Alice avait déjà amassé des lots de branches mortes pour le camouflage. Je l'aidai à en recouvrir la Poubelle avant de marquer une pause : il nous restait en tout et pour tout le sac à dos d'Alice, les duvets du mariage et quelques babioles dans un sac plastique.

— Combien tu as ? demanda-t-elle.

Fouillant dans mes poches, je trouvai une pièce qui rêvassait entre un bout de crayon à papier et des grains de sable.

— Un euro.

— Tout juste le prix d'un coup de fil.

Je pensai aux films américains mais je n'avais plus d'avocat depuis l'affaire de la petite.

— Et toi ? relançai-je.

— À peine cent euros.

— On va pas aller loin avec ça.

— Non : surtout que si les flics nous ont retrouvés, ce n'est pas seulement à cause de la Poubelle, mais aussi de ma carte bancaire… Ils nous suivent à la trace.

— Comment on va faire sans argent ?

— On n'a pas le choix, dit-elle en relevant son pantalon sur ses hanches : il faut en trouver.

Au-delà du poste d'aiguillage, le sentier filait entre les fougères — elle était toujours là, notre ligne de fuite… Nous eûmes un dernier regard pour la 504, grossièrement camouflée derrière le taillis de ronces et les branchages. Comme l'impression d'abandonner son chien…

— On la traitait de poubelle mais au fond, on l'aimait bien cette conne, dis-je en guise d'épitaphe.

8

Ta gueule

Martial ne savait pas grand-chose de Luis, sinon qu'il avait fait un long séjour en prison, ce qui expliquait son français impeccable et son humeur soupe au lait.

Avec un député assassiné à deux pas de l'immeuble où ils espéraient coincer Alice, les rapports entre les deux hommes s'étaient tendus. Et si Alice était liée au meurtre ? Si par malheur l'arme du crime s'avérait être son propre revolver ? Dans l'urgence, ils étaient tombés d'accord sur une chose : vérifier la présence d'Alice chez Le Cairan. Les flics qui infestaient l'immeuble finissant par déguerpir, ils prirent une chambre à l'hôtel Ibis le plus proche et décidèrent d'opérer durant la nuit. Dans l'attente, l'ambiance, déjà lourde, devint franchement pesante. Sans compter qu'avec le festival de théâtre de rue, ils n'avaient trouvé qu'une chambre avec un lit double — au regard ombrageux du Basque, Martial, qui avait déjà payé la chambre, comprit vite qu'il dormirait par terre.

Ils dînèrent en silence au restaurant de l'hôtel et regardèrent la télé jusqu'aux dernières informations. Un présentateur bronzé et souriant leur annonça la nouvelle : l'arme qui avait tué le député était un calibre .44.

Comme son Smith & Wesson.

— *Hija de puta ! Hija de puta !*

Luis n'avait plus que ça à la bouche. Ils quittèrent la chambre vers deux heures du matin.

Martial était un peu anxieux à l'idée de commettre un délit mais Luis, visiblement, en avait vu d'autres : il força la porte, qui n'était même pas fermée à clé, et pénétra le premier dans l'appartement. Là, ils fouillèrent le deux-pièces à la recherche d'une arme qu'ils ne trouvèrent pas. En revanche, Alice était bel et bien là : Martial identifia ses affaires, soigneusement pliées dans son sac de sport. Elle était arrivée à Rennes deux jours plus tôt mais elle n'avait touché à rien. Le type avait lui aussi bourré quelques affaires dans un sac de voyage : il y avait même son passeport, posé sur une chemise d'été.

Pourquoi ne revenaient-ils pas les chercher ? Comptaient-ils partir ? S'enfuir ? Déguerpir une fois leur forfait commis ? Tout ça ne tenait pas debout.

Le visage de Luis avait brusquement changé, comme si la proximité d'Alice lui montait à la tête. Son teint était devenu fiévreux, ses petits yeux méchants et ses longs doigts se recroquevillaient comme les pattes d'une araignée qu'on vient de tuer…

Ils trouvèrent bientôt une impressionnante pile de lettres manuscrites dans un tiroir du bureau :

Martial reconnut l'écriture d'Alice. Si les premières dataient d'environ deux ans, les dernières avaient été envoyées dans le mois.

L'une d'elles, écrite sur papier kraft, disait :

Fred,

Tu me dis que tu es libre fin juin, à partir du mariage de ton vieux copain Joe-la-rillette. Quel drôle de nom. Ça ne me donne pas tellement envie de t'y accompagner, enfin, je veux bien te suivre mais à condition d'y aller en K-Way. J'en ai deux, des orange. C'est moins salissant et ça te donnera un petit côté Techno qui ne te fera pas de mal. Je te laisse t'occuper des duvets, au cas où, trop soûls, on dormirait dans la voiture. Mais c'est vraiment parce que c'est toi : dis-toi bien que si j'aimais les mariages, je me serais déjà mariée au moins cinq fois. J'aurais commencé par le premier qui m'aurait dit je t'aime, pour voir qu'il mentait, j'aurais continué avec celui qui m'aurait fait rêver, pour voir que les passions ne supportent pas la réalité, puis avec le type qui au départ me résistait, pour être sûre que l'obstination n'a rien à voir avec l'abnégation, j'aurais poursuivi mon exposé avec celui qui m'aurait renvoyé une image positive de moi-même, pour comprendre que l'égocentrisme nous renvoie à l'infinie solitude des contraires, et j'aurais fini avec celui qu'au fond j'aimais depuis toujours, sans réussir à trancher entre lui et un autre.

Tu vois tout ce que je peux faire pour toi. Privilégié, va !

Par contre, je ne sais pas encore à quelle heure j'arriverai à Rennes. Ce sera par le train, le train de nuit probablement — ferroviaires ou pas, les liaisons Nord-Sud sont bien difficiles en ce bas monde. À samedi, si tout se passe bien.

PS1 : Que penses-tu du Finistère ?
PS2 : Tu n'en as parlé à personne, hein ?

*

Martial n'avait jamais connu leur père, un terre-neuvier qui était resté au large. Quant à sa mère, il gardait d'elle le parfum d'une vague tendresse perdue dans les abysses des maladies incurables. À sa mort, Martial avait vécu deux ans en pension, à Lesneven, avant qu'une tante basque n'ait la bonté de l'adopter. Alice avait dû attendre quatre ans de plus. Plus attachée que lui à sa région d'origine, elle passait ses étés en Bretagne, quand on pouvait se baigner. Le Finistère. C'était une bonne piste. Alice en parlait dans sa dernière lettre et elle y avait longtemps traîné ses guêtres. Elle pouvait avoir gardé des contacts…

Si cela n'expliquait pas pourquoi elle avait participé à l'assassinat d'un député et quitté Rennes en abandonnant ses bagages, le type était certainement avec elle. Avaient-ils pris sa voiture ? La carte grise parlait d'une 504 bleu métallisé. Ils avaient peut-être une planque dans les environs de Lesneven. Cette petite garce savait y faire pour manipuler les gens…

Ils errèrent ainsi sur les routes du Finistère Nord. Avec le temps, Luis passa du silence inquiétant au silence menaçant. Refusant de manière catégorique tout relais, l'œil acéré derrière ses Ray Ban, il mastiquait son cure-dent, les mains rivées sur le cuir du volant.

— *Hija de puta !*

Ouais, bon, ça va. Martial commençait à lui en vouloir sérieusement, à Alice, elle le mettait même dans un fameux pétrin : il était sympathisant, lui, pas bandit de grand chemin : s'il continuait à insulter la famille, il le finirait tout seul le voyage ! Après tout, c'est lui qui était tombé dans le panneau d'Alice ! Il lui avait même dit de s'en méfier, alors ?

Le mystère restait entier. L'assassinat n'avait pas été revendiqué et ne le serait jamais : Luis avait pris le risque de téléphoner à ses supérieurs selon le code en vigueur mais personne n'était au courant. S'agissait-il d'un groupuscule pirate ? De dissidents ? Possible. En tout cas, tout le monde était à cran.

Eux roulaient.

Le vendredi, alors qu'ils ne faisaient plus chambre commune depuis longtemps, les deux hommes stoppèrent dans une station-service du Conquet. Surprise : le pompiste avait bien vu un jeune couple dans une 504 bleu métallisé. Ils étaient venus faire le plein la veille, il l'avait déjà dit à leur collègue…

Double surprise. Visiblement, le type les prenait pour des inspecteurs en civil.

Luis n'avait pas besoin de ça pour faire la gueule : avec la flicaille sur le coup, l'affaire allait se compliquer. Martial émit l'idée de rentrer au Pays basque mais se ravisa vite.

Il ne décida pas de suivre, il suivit.

Le lendemain, sur le tronçon assez large d'une départementale, alors qu'ils sortaient d'une interminable visite le long de la côte, la BMW croisa une 504 bleu métallisé. Deux occupants. Luis fit demi-tour et les rattrapa à la sortie d'un village. Il y avait peut-être encore une chance que cette histoire se finisse sans trop de heurts. Comme on ne distinguait pas grand-chose avec les appuie-têtes, le Basque décida de se porter à leur hauteur. S'il ne reconnut pas le type au volant, la fille qui l'accompagnait était bien Alice. *Hija de puta !* Elle lui payerait ça, la sale petite garce !

– Luis !

Collé à son siège, Martial avait crié. Face à eux, un camion arrivait en klaxonnant. Luis oublia Alice et écrasa l'accélérateur : la BM fit un bond et se faufila *in extremis* entre la 504 et la mort.

Martial respira bruyamment. Le camion était passé, la Peugeot roulait maintenant derrière eux mais l'autre continuait d'accélérer. Il fonçait même.

– Qu'est-ce que tu fais ? demanda Martial.

Sa tête des mauvais jours enfoncée dans les épaules, le Basque ne répondit pas : il amorça une courbe qui donnait sur une longue ligne droite, fila tout au bout et freina alors brusquement, en bordure de champ. Là, il fit mouliner son volant, gara la BM sur le bas-côté, face à la ligne droite, et attendit.

— Oh ! insista Martial. Qu'est-ce que tu comptes faire ?

Luis se taisait toujours, la main sur le levier de vitesse. En revanche, il avait lâché son cure-dent. Mauvais signe.

La 504 apparut au loin. Seule. Luis n'attendit pas d'en être certain pour démarrer. Martial se raidit aussitôt. Ils roulaient au milieu de la route et le Basque continuait d'accélérer, imperturbable derrière ses grosses Ray Ban. Quatre-vingts, quatre-vingt-dix : il passa la quatrième et plaqua ses mains sur le volant. Martial voulut protester mais se ravisa : le visage de Luis était aussi impassible qu'inexpressif. Le vide. Il fonçait sur eux sans penser à rien. Effrayant.

La 504 se rapprochait à toute vitesse, envoyant de pathétiques appels de phares, puis tenta une esquive désespérée sur la gauche. Le choc fut bref. Martial resta tétanisé sur son siège mais la BM, à peine ébranlée, filait toujours sur la départementale. Incroyable : ils s'étaient à peine effleurés.

Dans leur dos la Peugeot avait manqué de verser dans le fossé mais elle aussi poursuivait sa route, vaille que vaille. Alors il explosa :

— ÇA VA PAS, NON !

Malgré la crainte qu'il lui inspirait, Alice était sa sœur et il n'allait pas devenir le complice de son meurtre : il ne s'était pas préparé à ça.

— Putain, t'es malade ou quoi ? T'as failli nous tuer !

Il agrippa le bras de Luis, qui freinait, trop tard : la BM fit une embardée, mordit sur le bas-côté et plongea une roue dans le fossé. La berline s'inclina tout à coup, cogna contre le talus et, dans un bruit de tôle froissée, s'immobilisa dans les ronces d'un mûrier. Le Basque trépigna sur sa pédale, en vain : les roues patinaient.

Son sang alors ne fit qu'un tour : il arracha les quatre-vingts kilos de graisse de Martial hors de l'habitacle, le traîna sur la portion d'asphalte avec une force insoupçonnée, prit son élan et l'envoya dans les ronces. Tête la première. Après quoi, il expulsa ce qu'il avait sur le cœur :

— Ta gueule !

9

Tel le Blaireau

Trouver de l'argent quand on est fauché, je connaissais le problème : entre les petits jobs payés à coups de pied au cul et le financement de ma revue, on peut même dire que j'avais fait ça toute ma vie. J'eus donc une idée, ou plutôt une pensée, pour une vieille copine, Nathalie, que je n'avais pas vue depuis des années. Une fille rigolote à l'époque, certifiai-je à Alice alors que nous marchions dans les sous-bois.

On s'était rencontrés chez les curés de Dinan, au lycée, lorsque ma scolarité avait commencé à battre de l'aile. Nathalie était plutôt bonne élève pour une boîte à bac et une BCBG assez curieuse pour se laisser peloter sous les pupitres. Fatalement, nous consommâmes une nuit ce que nous avions goûté de jour : surpris dans les toilettes de l'internat, on s'était fait virer ensemble. L'épisode avait marqué la fin de ma scolarité mais pas de notre amitié — par bonheur, nous ne nous aimions pas.

On s'était croisés la dernière fois lors de son mariage mais je recevais des faire-part de naissance à intervalles réguliers. D'après mes souvenirs, Nathalie habitait un bled près de Châteaulin, dans la presqu'île de Crozon : venir la taxer à l'improviste était assez gonflé mais après tout nous avions désespérément besoin d'argent, c'est elle qui m'avait proposé le coup des toilettes de l'internat et son mari était notaire.

La logique de prendre l'argent où il était me dispensait de scrupules et il fallait bien partager un peu les richesses. Restait à trouver un téléphone…

Quittant la forêt, nous marchâmes le long d'une départementale visiblement peu fréquentée. Nous ne parlions pas beaucoup. Cela dura un certain temps. Parfois, le bruit d'une voiture nous chassait vers les genêts. Deux, trois, quatre. Au cinquième kilomètre, nous tombâmes sur une cabine téléphonique, seule au milieu d'un croisement. Par chance la machine acceptait encore les pièces et je me souvenais du nom du notaire : Pinson. Maître Pinson. J'appelai les renseignements et finis par obtenir le bon numéro. Répugnant à quémander, je fus bref. Nathalie aussi : sa réponse était oui.

Rendez-vous demain, chez elle, à la sortie de Trégarvan. En fin de matinée, avait-elle précisé, le temps d'expédier enfants et mari, et de passer à la banque.

Bien que surprise par ce coup de fil impromptu après toutes ces années de silence, ma vieille copine n'avait pas posé de questions. Au contraire, elle avait même paru contente de pouvoir me rendre service.

— Trégarvan, tempéra Alice. C'est au moins à quarante kilomètres. À moins de marcher toute la nuit, on n'y sera jamais demain matin…

Le soleil déclinait dans l'azur incertain.

— Eh bien marchons toute la nuit.

*

Blanche, épaisse, poisseuse, une nappe de brume semblait flotter à la surface de la terre. Seules les branches des pommiers émergeaient des champs voisins, tours de contrôle des oiseaux de nuit venant à croiser par ici. Avec un peu de rhum et d'imagination, on pouvait s'attendre à voir un vaisseau fantôme surgir du brouillard. Mais hormis de rares voitures que nous préférions éviter, la départementale était déserte. Nous marchions depuis des heures, hagards, escortés par une lune pleine de cratères.

— J'en ai marre de marcher, dit Alice.

— Te plains pas, moi en plus j'ai mal aux pieds.

Les semelles de mes tennis bayaient aux corneilles.

— On est encore loin ?

— J'en sais rien, je vois rien : passe-moi un coup à boire.

Nous avions dépensé la moitié de nos économies à l'épicerie de Daoulas, réputé pour son festival celtique, son abbaye et ses fraises. Marcher en buvant avait un petit côté « Kerouac agricole » et ça valait toujours mieux que de siffler en travaillant. Quant à la dépression annoncée dans la nuit, elle avait pris de l'avance sur la météo : la température avait chuté en même temps que le soleil et l'air s'était rempli d'humidité. De gros nuages anthracite s'amoncelaient sous la lune. Plus loin, l'orage passait ses troupes d'éclairs en revue.

— Ça va bientôt être notre fête, prédit Alice.

Soufflant sur les blés, le vent balaya bientôt la nappe de brume, qui s'éparpilla telle une volute atomique. Les premières gouttes tombèrent sur l'asphalte, répandant çà et là une odeur de chien mouillé.

— On ferait mieux de trouver un abri, dis-je.

De fait, après quelques coups de semonce, l'orage nous tomba dessus ; des gouttes grosses comme des tonneaux qui dégringolaient en rangs serrés sur la campagne. Malgré les K-Way, nous fûmes trempés au bout de cent mètres. Floc, floc, floc. Nous marchions face au vent en plissant les yeux quand une forme se découpa dans le noir. À quelques mètres de la route, sur la droite, entre une meule de foin et des fils barbelés, une maison en ruine s'adonnait aux fougères. Les pierres formaient un éboulis mais, soutenu par la charpente, le toit avait l'air de tenir encore debout.

— Si ça se trouve ça sent la pisse, dit Alice, méfiante.

Je lui rendis la bouteille de rhum :

— Bouge pas, je vais voir.

Ça sentait la terre humide et l'herbe qui se néglige dans la ruine, pas l'urine des autres.

— Arrive ! lui lançai-je alors qu'elle poireautait sous le déluge.

La poutre de la maison était vermoulue, les pierres bancales et la porte, sortie de ses gonds, pendait mollement. Quant au toit, il avait été comme fusillé. Alice lâcha son sac sur le sol en terre battue :

— C'est pire que la taule, ici...

Très drôle.

Nous dénichâmes un endroit à peu près sec pour les couchages. La pluie tombait dru et ruisselait sur les murs. On l'a écouté un moment, les K-Way sous la nuque, grelottant de concert dans les duvets moites.

— J'ai faim, dit Alice.

— Pas moi.

Une dernière lampée de rhum nous fit chaud au cœur, mais ça ne dura pas. Alors, serrés l'un contre l'autre pour mieux vaincre la solitude et le froid, on a fini par s'endormir — moi vers des rêves sans fond, elle la main plantée dans la bouche, pour ne pas crier.

*

Il y en avait partout : des grappes de gens accrochés aux balcons des immeubles, aux fenêtres des buildings, des maisons, certains, suspendus dans le vide, tombaient en hurlant dans la masse, les grouillants, ceux qui à terre piétinaient les morts, les cadavres qu'à force on finissait par ensevelir sous les millions de pas frénétiques. Du monde, partout. Une ville écrasée de gens. Dans les halls, les cages d'escalier bondées, les paliers, les appartements, où l'on bourrait les morts dans une pièce (quand ils ne gagnaient pas du terrain sur les vivants), dans les maisons surpeuplées, les jardins, où le niveau de gens atteignait les premières branches des tilleuls, les places publiques, charnier de tous les passages, les rues, cohues indescriptibles de frénésie et de télescopages incessants, de coups et de meurtrissures, des gens sur les monuments publics, croulants sous le nombre, horde ameutée sous les arbres, lieu de farouches bagarres, les terrasses et surtout les toits des bâtiments. On s'y pressait, on m'y pressait, tout le monde se pressait : depuis les rues, la masse s'agglutinait vers les étages. Son but, le but de tous : se précipiter au sommet du building et finir écrasé sous le nombre des autres. Mais comme au dernier moment personne ne voulait franchir le pas fatidique, on se battait partout, parfois à mort, pour que chacun puisse au moins une fois décider de son sort.

Dans ce chaos, j'étais assis sur une chaise, deux personnes sur les genoux, les autres collés à moi, la joue pressée contre la veste d'un gros homme qui, à lui seul, bloquait le passage de la fenêtre où les gens cherchaient désespérément à se jeter. J'étais pris dans le flot des suicidés, de toute façon ma chaise ne touchait pas terre, il y avait au moins cinq types dessous dont l'un avait le visage déformé par l'armature en fer de mon perchoir, il m'implorait mais je ne pouvais pas l'aider : inexorablement le courant humain m'emportait vers la fenêtre où les cris des déments parvenaient jusqu'à moi, asphyxiant sous le poids et la puanteur de mes congénères…

Je me réveillai en sursaut, au petit matin. J'aperçus le jour par la porte défoncée mais pas d'Alice.

À la place, il y avait ça, écrit sur un bout de papier à carreaux :

Veux-tu dire, ou dire autre chose ?
[] non
[] oui
[] ça
[] TRM

Elle était dehors, qui m'attendait dans la rosée.

*

Il était onze heures quand je poussai la barrière blanche de la propriété. Caché par une haie de cyprès, le préau abritait deux voitures, une Twingo rouge et un de ces énormes trucs pour mourir en toute sécurité. J'avançai vers les dalles du perron et sonnai, bien décidé à faire bonne figure devant ma vieille copine malgré le cauchemar de la nuit passée.

Nous avons parcouru la douzaine de kilomètres qui nous séparaient de Trégarvan et du lieu-dit de « La Bouzardière » où habitait Nathalie. Alice se chargeait de trouver un moyen de locomotion pendant que j'allais récupérer l'argent. Dans l'urgence, je n'éprouvais ni gêne ni appréhension.

Le sourire attaché à ses longs yeux gris (c'est du moins l'effet qu'elle me fit), une femme avec qui j'avais déjà fait l'amour m'accueillis sur son perron.

— Sympa ton look ! ricana-t-elle.

Elle parlait de mon K-Way orange et mes tennis éventrées. Comme j'avais aussi la mine chiffonnée après la nuit passée dans la ruine et à peine un café dans le ventre, Nathalie m'a pris par le bras et entraîné vers le salon.

— Ça fait longtemps, hein ?

— Depuis ton mariage.

— Six ans : la vache ! Alors, quoi de neuf ?

— Bah ! ça va, ça vient, ça repart…

Je reluquai la bosse suspecte de son ventre.

— Dis donc c'est l'usine à bonheur là-dedans !

Nathalie s'attendrit un instant sur elle-même :

— J'attends un petit quatrième, fit-elle en s'arrondissant le ventre.

— Comment vous allez l'appeler celui-là ?

— Virginie si c'est une fille. Un garçon, on ne sait pas encore.

— Appelle-le Paul, pour t'en souvenir.

— Ho ho.

Nathalie avait changé. Moins jolie mais plus belle. Visiblement contente de son sort. Heureuse femme.

— Bon, dit-elle enfin, tu ne m'as toujours pas dit ce que tu faisais dans le coin ?

— Je suis en cavale, répondis-je platement.

— Ah oui ?

Elle releva ses sourcils triangulaires.

— Et poursuivi par quoi ? Un géant vert ?

— Non, une espèce de cyclope.

Nathalie fit coulisser une baie vitrée qui donnait sur la terrasse.

— Très bien : maintenant tu arrêtes un peu ton cirque et tu vas t'asseoir là-bas, fit-elle en désignant la table de bois exotique.

La terrasse s'ouvrait sur un jardin avec barbecue, piscine chauffée, hortensias, eucalyptus et jardinier — qu'ils avaient les moyens de déclarer mais c'est son mari qui refusait. Prévenue de ma visite par un coup de fil alarmiste, Nathalie m'attendait avec une côte de bœuf et diverses salades, se doutant bien que mon appétit se contenterait volontiers d'un festin.

— Ça va Nicolas ?

— Oui oui… Enfin, il bosse beaucoup…

— Il s'en plaint ?

— Pas trop. Et toi, tu as trouvé un boulot ?

— Pas le temps. Surtout en ce moment.

— Tu es en vacances ?

Je reluquai le décolleté que Nathalie me collait sous le nez en servant la bidoche, charmante et désinvolte. Puis j'eus une pensée émue pour Alice, quelque part dans le bourg, et, affamé, mangeai pour deux.

— Ta revue, ça marche toujours ? Comment elle s'appelle déjà ?

— *L'Ankou Magazine*.

— T'es con ! Alors ?

— On a toujours des problèmes de trésorerie, répondis-je, mais bon, elle existe. J'ai trouvé une illustratrice du tonnerre et un gars pour le vendre sur le marché. Je commençais à en avoir marre de faire le camelot…

— Et les amours ?

Je fis une moue de circonstance :

— Oh ! moi tu sais…

— Non. Quoi ?

— La dernière fois que je suis tombé amoureux, la fille avait l'air de s'en foutre complètement. Alors, à la longue, moi aussi…

C'était l'année dernière, une fille rencontrée dans un bar, un peu siphonnée avec ses quatre chiens et son ex qu'elle n'arrivait pas à quitter, mais sympa. Ça n'avait pas duré.

— De toute façon, tu te débrouilles toujours pour que ça ne marche pas, non ? sourit Nathalie comme s'il s'agissait d'une évidence. Un jour, ça te sautera à la gueule… Enfin j'espère.

À ces mots, elle quitta la table et partit vers le salon.

Sans doute qu'elle avait raison, que je fuyais quelque chose ou quelqu'un, ça depuis longtemps…

Je tartinai le bœuf de sauce au poivre vert quand Nathalie posa une liasse de billets sur la table. Deux mille euros.

— Merci, dis-je en fourrant le magot dans la poche ventrale du K-Way. Je te dirais bien que je suis gêné mais j'aurais fait la même chose à ta place.

— Canaille, minauda-t-elle.

— Ton mari est au courant ?

— Nicolas ? Bah…

Elle fit un geste las qui troua sa carapace.

Nathalie aimait son mari et ses enfants mais elle aurait voulu être journaliste à Paris plutôt que femme de notaire à Trégarvan. Le petit quatrième semblait lui boucher l'horizon. Entre une rasade de pomerol et une bouchée de salade, je lui dis que mes réponses n'iraient pas à ses questions, qu'on pouvait être heureux sans bonheur et pareillement malheureux dans sa merde, que le temps lui allait bien et que j'étais content de la voir. C'était vrai, pas seulement pour l'argent.

Rassurés sur la nature de nos liens, nous finîmes le repas par un pétard d'herbe, qu'ils cultivaient avec l'assentiment du jardinier.

— Je trouve que tu as l'air soucieux, avoua-t-elle en me raccompagnant à la porte.

— Moi aussi.

Je souris un peu tristement quand, sans prévenir, Nathalie m'embrassa sur la bouche. Je dégustai un instant ces lèvres au goût oublié.

— Merci hein, dis-je en partant. Tu me sauves la mise…

Ne tenant pas à lui causer d'ennuis supplémentaires, je laissai ma vieille copine à ses problèmes existentiels sans lui faire part des miens. Je ne savais pas si on se reverrait un jour, sensation assez désagréable. Enfin, quittant le lieu-dit, je me dirigeai vers le village. L'orage passé, il faisait chaud au soleil de midi ; assise sur son pliant, une grosse femme coiffée d'un sac plastique Leclerc me regarda passer comme si j'étais un train.

Salut la grosse.

Je marchai à l'ombre des murs de pierre et attendis Alice devant l'église de Trégarvan, comme convenu. Au début, je n'ai pas prêté attention à la petite dame assise sur l'autre banc, en bordure du parvis, mais je ressentis bientôt sa présence, inexorable, comme une ombre lourde au-dessus de moi. Fagotée dans un harnais de dentelle immaculée, la Bretonne m'observait avec insistance. Comme nous n'étions que deux sur le parvis de l'église, je ne vis plus qu'elle, qui me jaugeait de loin. Je me demandais ce qu'elle me voulait quand soudain la vieille dame se leva et, à petits pas précieux, se dirigea droit sur moi, emportant dans ses maigres doigts une foule de petits sacs.

Avait-elle vu mon portrait dans un journal quelconque ? Je regardai ailleurs mais ça ne prit pas : l'octogénaire se posta devant moi et ses yeux taillés à la hache m'étudièrent minutieusement, comme s'il était un vieux chêne.

Mon cœur battait plus vite quand, fissurant l'écorce de sa peau, elle demanda :

— Vous ne passez pas à la télé par hasard ?

Contre toute attente, Alice apparut à l'angle de la place.

— Non, répondis-je. Non : plutôt crever.

*

Couché dans le fossé, le vélo semblait attendre qu'on le ramasse : un Manufrance à la peinture verte écaillée depuis la fermeture de l'usine. Je le sortis de ce mauvais pas et tentai avec succès quelques tours de pédalier sur l'asphalte qui bordait le verger.

— Il marche bien ! commentai-je. Et le tien ?

Alice tâta les pneus de sa bicyclette bleue.

— Un peu raplapla, estima-t-elle, mais ça ira.

C'était un vélo de course, un Bernard Hinault à en croire l'étiquette. Je fis couiner les freins en arrivant à sa hauteur.

— Tu les as trouvés où, les vélos ?

Elle hocha la tête, évasive.

— Tu les as volés ?

Alice hocha la tête, affirmative.

— À qui ? Des paysans ?

Elle hocha la tête, négative.

— Alors ?

Alice désigna la haie de la maison cossue, tout au bout de la route :

— Eh bien à ta copine, là, Nathalie… Pendant que Monsieur mangeait des côtes de bœuf sur la terrasse en faisant le joli cœur.

La renarde avait plus d'un tour dans son sac…

Deux minutes plus tard, nous filâmes sur nos vélos par les routes de campagne, tel le Blaireau.

10

Sa prothèse

Mc Cash ne savait pas s'il était beau mais il avait plu aux femmes. Lui-même les adorait, bien qu'incapable d'en saisir le sens. Les femmes quant à elles lui reprochaient sa cruauté, son dandysme parfaitement dépravé, son goût pour les autres femmes, l'alcool et les drogues qui le portaient soi-disant en triomphe dans le petit matin titubant, tout en appréciant son humour féroce, ses bras noueux, ses rares donc touchants moments de tendresse, son appétit, voire sa gourmandise – et puis aussi sa cruauté, son dandysme dépravé, son goût pour l'alcool et les drogues qui le ramenaient parfois avec elles dans le petit matin titubant, à force de triompher.

Mc Cash était parfois un peu phallocrate, ce qui le faisait souvent passer pour un misogyne. Afin d'aider les gens à le mettre dans une case, il disait par exemple que « si l'homme descend du singe, la femme y est pour quelque chose » – ce qui n'est pas très malin puisque en attendant, il n'avait pas fait l'amour depuis des mois. Ça commençait à le tarabuster.

Oui, maugréa-t-il en songeant à sa vie, les hommes sont paresseux… Ah ! Il lui en aurait fallu du courage et de l'esprit de sacrifice pour rester avec Angélique, son ex-femme, ah ! il en aurait fallu un peu d'envie pour lui faire un enfant alors qu'elle partait (bon Dieu, il voyait bien qu'elle repartait !). Seulement voilà, il était paresseux : pas assez d'envie dans la carcasse. Dommage. Ou tant mieux – il ne savait plus : à force de vivre en homme double avec ce maudit bandeau qui lui traversait le visage…

Le soleil déclinait à petites foulées dans le chemin qui bordait le pavillon de Mavel. Les pieds posés sur le vide-poche de la Safrane, le policier attendait depuis des heures. Derrière les taillis, on apercevait la maison, mais toujours aucun signe des fugitifs.

Mc Cash ne croyait plus beaucoup à leur retour : le couple avait récupéré la 504 alors qu'il inspectait leur planque et cet imbécile de garagiste les avait laissés partir avec la voiture ; ils s'étaient probablement croisés.

Leurs affaires étaient pourtant toujours dans la maison : avaient-ils flairé sa présence ? L'Irlandais attendit.

Encore.

La nuit tombait.

Elle dégringolait, même.

Lui hésitait toujours : devait-il faire intervenir les services de police afin de chercher des indices dans la maison ? Enquêter dans les environs ? Rentrer ? Le carnet bleu trouvé sur le bar de la cuisine le laissait dubitatif. « Activité ludique à hauts risques pour un été maussade ou Rachetez-vous une âme en six coups »... Alice aurait donc offert un revolver à Le Cairan ? Pour quoi faire ? Tuer des gens ? Et qu'entendait-elle par « assassiner ses pensées parasites » ? Parlait-elle de celles du député ? Et de qui d'autre encore ? En tout cas, ce petit manège expliquait l'anfractuosité cylindrique mentionnée par la balistique au sujet de la balle qui avait tué le député...

À deux heures du matin, sachant qu'ils ne viendraient plus, il goba une poignée d'amphétamines et décida de rentrer. Sur la quatre-voies, il savoura une version controversée de Glenn Gould où l'on pouvait entendre le musicien chanter d'autres notes, et jura de s'envoyer en l'air sitôt cette affaire achevée, avec la première venue s'il le fallait.

*

— Alors Mc Cash, vous avez retrouvé votre homme ?

Anne-Françoise Trémaudan fit claquer le briquet en or offert par son premier mari. Derrière le nuage opaque de sa gitane, Mc Cash faisait la moue : Le Cairan et sa complice avaient pris la fuite, il savait qu'il les avait ratés de peu, mais malgré la découverte du carnet bleu et leur délit de fuite, quelque chose continuait de le chiffonner dans cette histoire...

— Non, dit-il.

Sujet aux effets secondaires d'amphétamines probablement frelatées, le borgne crevait de chaud dans le bureau de la commissaire. Elle agita ses bracelets :

— Nous sommes débordés en ce moment mais le plaignant est un vieil ami de monsieur le Préfet : il m'a même demandé de le tenir personnellement au courant de l'affaire…

Trémaudan s'évasa sur son siège.

— J'ai ici le dossier de Frédéric Le Cairan. Un dossier des Renseignements Généraux. Jetez-y un œil, ça vous avancera peut-être…

La commissaire posa une chemise jaune citron sur le rebord de la table.

— Ne vous en faites pas, dit-il, je le trouverai.

Un regard noir brillant marqua la fin de l'entrevue. Un fameux regard. Pour une fameuse tête de mule. Mc Cash quitta le bureau sans desserrer ses mâchoires ni parler du carnet trouvé dans la maison. Quand il retrouverait la crapule qui lui avait refilé ces amphétamines…

*

Nietzsche reposait, le ventre ouvert, sur la moquette du trentième étage :

> *Je déteste autant de suivre que de conduire. Obéir ? Non ! Et gouverner ? Jamais ! Celui qui n'est pas terrible pour lui n'inspire la terreur à personne. Et celui qui inspire la terreur peut conduire les autres. Je déteste déjà de*

me conduire moi-même ! J'aime, comme les animaux des forêts et des mers, à me perdre pour un bon moment, à m'accroupir, rêveur, dans des déserts charmants, à me rappeler enfin de moi-même, de loin, et à me séduire moi-même.

Mc Cash relut « le solitaire » pour la quatrième fois de la journée. Nietzsche lui causait des soucis : c'était un homme dangereux, un homme qui n'avait pas peur de la force. Il devrait pourtant. Pourquoi, comment, le borgne n'en savait rien : du haut de sa paille vert fluo, les êtres humains lui paraissaient bien petits. Il aspira un rail de cocaïne, renifla encore, se frotta le nez. Pour passer le goût des amphétamines.

Après avoir fait le tour de ses dealers-indicateurs, l'Irlandais était rentré chez lui. Dans l'ascenseur, il n'avait dit bonsoir à personne — pas même à la fille du seizième, la petite boulangère d'en bas qui lui offrait de si jolis sourires en lui rendant la monnaie dans le creux de la main.

Armé d'un whisky Tullamore le bien-nommé, surplombant la ville depuis le fauteuil tourné vers la baie vitrée, le borgne parcourut de nouveau le dossier confié par la commissaire. Celui des R.G. Rien de très folichon : jeunesse difficile dans une famille nombreuse dont Frédéric était l'aîné, pension, internat, boîtes à bac, fugue, chômage, drogue (plantation de cannabis qui lui avait valu une forte amende et deux mois avec sursis, en 96). Réformé P4. Pas de suivi psychiatrique. Avait l'année dernière écopé d'un mois de prison ferme (transformé en heures de travaux d'intérêt public) et de trois mois avec sursis après avoir mis le feu aux Pères Noël publicitaires du centre piétonnier.

Côté politique, si Le Cairan n'était inscrit à aucun parti, il faisait tirer une sorte de revue artistico-situationniste (*L'Ankou Magazine*) à plus de mille exemplaires, cela sans travail ni salaire, par le biais de son association. D'où tenait-il tous ces fonds ? Serait par ailleurs très lié à Georges Filoc'h, ancien cadre du bureau politique du FLB, aujourd'hui retraité, soupçonné d'être lié à différents groupuscules extrémistes parmi lesquels le mouvement indépendantiste breton Emgann, dont quatre représentants avaient été interpellés le mois dernier pour avoir offert l'hospitalité à des Basques de l'ETA…

Mc Cash jeta le rapport jaune citron sur les poils de chien de la moquette, alluma la télé pour les informations régionales et avala une gorgée de whisky. Trente étages plus bas, les voitures se suivaient méthodiquement le long du canal.

Il était aujourd'hui le seul à connaître l'existence du carnet bleu. Il s'agissait de rétention d'informations liées à l'enquête en cours mais le policier estimait avoir ses raisons : là où le préfet Basillac y verrait un aveu, lui doutait encore. Pourquoi Alice Arbizu avait-elle offert un revolver à Le Cairan ? Qui était l'instrument de qui ? Et cette fille, d'où elle sortait ? Des irréductibles de l'ETA ?

Le borgne avait du mal à y croire. Il avait tâté du gauchisme dans sa jeunesse — à l'IRA, il y avait de tout. En dehors des obscurantismes religieux, certains établissaient des contacts avec divers groupuscules d'extrême gauche. L'idée de subversion l'avait tenté jusqu'à l'accident — en ce sens, la perte de son œil droit lui avait fourni un sérieux avertissement. Par pure provocation ou simple esprit de contradiction, il était devenu flic. Avec le même esprit, il s'était marié deux fois avec la même personne, comme une vieille star déboussolée — étrange décision pour un homme sans prénom que de donner deux fois son patronyme à la même Angélique…

Mais dans son esprit qui s'égarait, une question, une seule : pourquoi Philippe Rogemoux s'était-il posté en pleine nuit à la fenêtre du salon alors qu'un tueur attendait en bas ?

L'appel à témoins lancé par les autorités n'ayant toujours rien donné, les locataires de l'immeuble semblaient être les seules personnes susceptibles de l'aider. Parmi eux, seule Gwénaëlle Magadec avait déclaré avoir été réveillée par la détonation. Ça valait peut-être le coup de l'interroger…

Mc Cash regardait l'écran de télévision d'un œil morne : conséquences de la marée noire, le tourisme en Bretagne enregistrait une baisse spectaculaire. La dépression qui pointait sur le Finistère n'arrangerait rien. Tour de France : la grogne montait dans le public après la nouvelle saisie des douanes mais les coureurs gardaient le moral. Le régional de l'étape de déclarer : « plus les jours y passent, mieux je me sens bien ». Industrie porcine : on conseillait aux parents d'acheter de l'eau en bouteille, surtout pour les nourrissons. Football : le Stade Rennais recrutait pour la saison à venir. Pinault confiant, mais tendu — c'était tout de même son pognon… La nuit tombait lorsqu'il quitta son fauteuil. Il s'étira longuement sur le désastre de son appartement, enjamba un sac de gravats et enfila sa veste noire, celle du croque-mort.

Rue Duguesclin, dix heures du soir. Mc Cash grimpa au premier étage et sonna à la porte de gauche — l'appartement de droite était en restauration.

Gwénaëlle Magadec ne parut pas surprise de le voir, les cheveux ébouriffés sur le pas de sa porte. D'un geste, elle invita le policier à entrer dans un appartement sombre, calme, raffiné. L'homme suivit les pas nus qui grinçaient sur le parquet, alignant quelques banalités. Des estampes orientales ornaient les murs. Fiché dans le sourire de Ganesh, de l'encens fumait en volutes appliquées. Un chat noir reposait sur le sofa, les pattes avant repliées sous le menton. Mc Cash se posta à la fenêtre qui donnait sur la rue.

— Vous vous demandez si j'ai vu quelque chose depuis cette fenêtre ? dit-elle dans son dos.

— Vous étiez où quand le coup de feu a retenti ?

— Je l'ai dit cent fois à vos collègues : dans mon lit. Je suis ce qu'on appelle une grosse dormeuse… ajouta-t-elle dans un rictus ironique.

— C'est ce que me disait ma femme aussi. Vous dormiez ?

— Je crois que c'est le coup de feu qui m'a réveillée. Et puis les bruits de vitre brisée… J'étais dans le cirage. Il y avait aussi des bruits sourds…

Elle caressait son chat, qui dressa l'échine.

— Des bruits sourds ? Quel genre ?

— Je ne sais pas exactement : je vous dis que j'étais dans le cirage.

— Comme des portes qu'on claque ?

— Hum, possible. C'était confus…

L'Irlandais hocha la tête en observant la table basse du salon.

— Vous avez un copain ?

— Pardon ?

— Il y avait une personne chez vous ?

— Pourquoi me demandez-vous ça ? s'empourpra Gwénaëlle.

— Vous lisez *L'Équipe* ? siffla-t-il en se tournant vers le journal qui traînait sous le meuble japonais.

— Et pourquoi pas ? renchérit la Bretonne, les joues roses.

Mc Cash la trouvait rigolote.

— Bon, aujourd'hui c'est lundi, soupira-t-il comme si l'explication s'annonçait fastidieuse : *L'Équipe* coûte plus cher parce que le lundi, c'est le jour des résultats du week-end. Que pouvez-vous me dire sur le Stade Rennais ?

Gwénaëlle le fusilla du regard :

— Vous êtes chiant !

— C'est aussi ce que me disait ma femme. Alors ?

— Oui, il y avait bien quelqu'un dans mon lit.

— Son pedigree ?

— Un homme marié, si c'est ce que vous voulez dire.

Une montée d'amphétamines provoqua une brusque bouffée de chaleur.

— Bon, maintenant fini de jouer, ma belle, aboya-t-il : je vous écoute et je vous préviens, c'est la dernière fois…

Elle avait le rouge au front et ça l'agaçait.

— Je sors avec un homme marié, déclara-t-elle de sa voix caverneuse : personne ne le sait et nous tenons à ce que les choses restent ainsi encore un moment.

— Je m'en fous, avoua Mc Cash en allumant une cigarette.

— Très bien. En tout cas, cela ne change rien. Yann n'a rien entendu non plus.

— Comment pouvez-vous affirmer une chose pareille ? dit-il, l'œil torve.

Gwénaëlle sourit du haut de ses trente-huit ans :

— Nous venions de faire l'amour.

— Et alors ?

— D'ordinaire, nos galipettes durent un moment mais ce soir-là Yann avait la petite forme, comme on dit dans le jargon. Il avait pas mal bu et beaucoup trop fumé. Les vieilles bêtes, à cet âge-là, ça ne tient pas le coup, ajouta-t-elle pour l'emmerder.

— Hum hum… La suite ?

— Eh bien c'est simple, mon amant s'est écrasé comme une mouche et je me suis endormie dans la foulée.

Une étincelle de malice passa dans l'obscurité de ses yeux :

— D'ailleurs, ce salaud ne s'est réveillé qu'à l'arrivée des secours…

En bonne Bretonne, Gwénaëlle se détendit après la confession :

— Vous voyez, ce n'était qu'un petit mensonge…

En croisant son regard, Mc Cash sut qu'elle ne mentait plus : il se contenterait de passer un coup de fil au domicile de ce Yann. Il s'assit sur un petit banc japonais dont il ne connaissait pas le nom.

— Vous êtes allée voir à la fenêtre après le coup de feu ? reprit-il.

— Oui.

— Vous n'avez rien remarqué ?

Il posa la cendre de sa cigarette dans une coupelle blanche.

— Non, rien. La rue était vide. Absolument vide. Enfin, jusqu'à ce que les secours arrivent…

Mc Cash expulsa une longue bouffée de tabac. Nu-pieds sur le tapis ocre du salon, les bras pliés sur son pull noir, Gwénaëlle observait la coupelle blanche où une longue cendre s'était allongée.

— Je ne vous ai pas demandé l'autorisation de fumer, concéda-t-il en désignant la cigarette qui se consumait.

— Ni de poser vos cendres dans mes coupelles à sushis.

— Ça s'appelle la classe. Dites-moi, vous avez parlé du meurtre de Rogemoux avec vos voisins ?

— Évidemment. On le voyait souvent…

— Vous lui connaissiez des ennemis ?

— Bien sûr que non.

— Vous avez échangé vos impressions avec tous les locataires de l'immeuble ? Il n'y a que six appartements, vous devez bien vous connaître, non ?

— On se croise… fit-elle, évasive. J'en ai discuté brièvement avec monsieur Cherroui et la dame du deuxième. Mais comme ils n'ont rien vu…

— Et le type du troisième ?

— Fred ? Vous devez savoir que je ne l'ai pas vu depuis.

Évidemment…

— Vous vous connaissez bien ?

— Du bon voisinage.

Gwénaëlle haussa les épaules et ajouta :

— On a couché ensemble quand on était petits…

— Maintenant que vous êtes grande, vous n'auriez pas couché avec, je ne sais pas, le député Rogemoux ?

Il écrasa son mégot dans la coupelle à sushi.

— Vous êtes toujours aussi goujat ?

— Contentez-vous de répondre à ma question.

— Non : vraiment pas mon genre.

— C'est quoi votre genre ? Le Cairan ?

— Lui ou un autre. Bon, c'est fini votre cirque ?

— Ouais. Vous savez où on peut le joindre ?

— Fred ? Écoutez, je n'en sais rien, s'impatienta-t-elle. Qu'est-ce que vous lui voulez au juste ?

— Je fais mon métier Mademoiselle : je cherche les témoins d'un meurtre, répondit-il sèchement.

Gwénaëlle tira ses longs cheveux bruns en arrière, toujours sur la défensive. Mc Cash reprit l'interrogatoire :

— Vous saviez que Fred faisait de la politique ?

— Pourquoi, il n'en fait plus ?

— Alors ?

— J'achète sa revue sur le marché…

— Il y est beaucoup question de politique…

— Vous connaissez des questions qui ne sont pas politiques ?

— Peut-être, mais il connaît des gens dans les milieux extrémistes.

— Et alors ? rétorqua-t-elle. Je vous connais bien, vous.

— Lorsque vous discutiez du meurtre avec vos voisins, enchaîna-t-il sans sourciller, vous n'avez relevé aucun détail qui vous aurait surprise ?

— Par exemple ?

— Les gens sont rarement naturels devant un policier. Un voisin aurait pu vous raconter une anecdote…

Son air était presque doux tout à coup. Gwénaëlle le trouva particulier.

— Non, pas de détail particulier…

Cinq minutes plus tard, le policier passait la porte de l'appartement. Il avait chaud. De plus en plus chaud.

— Au revoir, conclut Gwénaëlle.

— C'est ça, au revoir.

Mais à cet instant, Mc Cash avait l'impression de ne rien comprendre aux femmes : rien. Il descendit l'escalier et, d'un geste rageur, écrabouilla la larme idiote qui coulait de sa prothèse.

11

Comme un manche

Dans les villages de bord de mer, les vacances approchaient : on avait sorti les ballons, les cartes postales, les sandales de plastique translucide, les marchands, les glaces, les maillots, mais aussi les livres de l'été, les stars de l'été, les tenues de l'été, les films de l'été, les tubes de l'été, l'été indien, etc. Heureusement, Alice connaissait un endroit tranquille où nous pourrions passer la nuit : l'île aux Vierges, un petit paradis, paraît-il…

Nous longeâmes le port de Morgat à l'heure de l'apéro, détournâmes les yeux des terrasses qui nous aguichaient et gravîmes une colline. Le Manufrance de Nathalie ne tolérant plus qu'une vitesse, je courbai l'échine dans la côte qui menait à la mer. Alice passa en danseuse.

On ne savait pas quoi faire, ce qu'on allait devenir, mais nous avions un peu d'argent en poche, un moyen de locomotion et peut-être encore quelques jours devant nous. Dans l'adversité, je ne me plaignais pas. La culpabilité m'écrasait la coquille et de toute façon, nous n'irions pas loin…

Cap de la Chèvre, les proportions des maisons laissaient supposer que le Breton descendait du hobbit. Sur le petit braquet, Alice scrutait le paysage, succession d'ajoncs bigarrant les vallons. D'après ses souvenirs, l'île aux Vierges se situait de l'autre côté de la colline, sur la gauche, après l'épicerie abandonnée qui marquait le carrefour.

Les gens se firent plus rares à mesure que nous dévalions la lande. Le crépuscule pointait derrière les genêts.

— Je crois que c'est là qu'il fallait tourner à gauche, lança Alice afin que je songe à faire demi-tour.

Je virai à tribord, toute :

— Dis donc, faut trouver ! fis-je, manquant de peu le fossé.

Nous bifurquâmes au niveau du bâtiment désaffecté et roulâmes à l'ombre des arbres. Enfin, le chemin apparut. Le vélo trépignant sur les cailloux, Alice m'entraîna sur la piste d'une allée forestière, aventure hasardeuse à la suite de laquelle nous tombâmes nez à nez avec une barrière. Aucune présence humaine dans les environs : juste une maison cachée dans les bois et une odeur de mousse en suspension.

— On peut laisser les biclounes ici, dit-elle.

— Ah ? Tu disais bicloune ?

— Oui. Ou biclard. Bécane. Voire meule…

— Chez nous, une meule, c'était une mobylette.

— Oui, je disais ça aussi. Ou bouzine. Allez viens.

Nous abandonnâmes les vélos dans un fossé et, les bras encombrés de sacs, nous frayâmes un chemin parmi les ronces tachetées de petites fleurs bleu outremer. À l'ombre des pins, la bruyère embaumait les dessous de l'été. Alice stoppa bientôt au sommet d'un petit précipice : plus bas, un rocher blanc baignait dans l'eau turquoise, une poignée d'arbustes accrochés à ses flancs comme autant de mendiants apeurés.

— Tu vois des gens ? dit-elle en relevant ses lunettes.

Je me penchai vers la plage de galets gris :

— Non. À part la marée, on n'aura rien à craindre.

Alice serra les duvets dans ses bras et fit déraper ses Springcourt sur le chemin d'épineux :

— Suis-moi au lieu de dire des bêtises.

Un coucou salua notre arrivée sur la plage : lui aussi avait trouvé un endroit où dormir. Je posai les duvets et les sacs de victuailles sur les galets. Au menu du soir, salade industrielle, pain industriel et fromage de bique industriel. Les kilomètres à vélo nous avaient creusé l'appétit.

— Tu as faim ? lançai-je à la fille qui fouillait dans son sac à dos.

Un maillot gris en jaillit.

— Attends un peu que je me baigne, tu vas voir !

Nageuse acharnée, Alice se déshabilla. Persée affrontant Méduse, je détournai les yeux, frissonnant à l'idée de couler dans de l'eau froide…

— Regarde comme c'est beau ! s'exclama-t-elle, à moitié nue devant l'océan. Tu ne veux pas venir ?

Son corps était fin, robuste — Persée aussi avait triché.

— Tu sais ce que je pense de l'eau : une bonne mer est une mer morte.

Alice me regarda en plissant les yeux comme quoi j'étais un petit malin, puis s'éloigna et, sans prévenir, plongea pour une longue apnée en solitaire.

Son paradis lui allait bien.

Assis sur un gros galet plat, je bus un peu de rhum en admirant le panorama. Au milieu Alice, petite tache au bord de l'océan, instigatrice d'un petit jeu de massacre inventé pour mon anniversaire… Dans quel but ? Savait-elle qu'en m'offrant un revolver chargé j'allais commettre une telle catastrophe ? En fait de tuer mes démons, elle les avait réveillés. Quelque chose dans l'air du temps me disait que les événements allaient se précipiter et que je n'avais pas intérêt à rester à la traîne de ma propre histoire. Car Alice avait délibérément saboté notre amitié. Depuis le temps qu'on correspondait et qu'elle collaborait comme illustratrice pour la revue, je croyais la connaître, mais je me trompais : ce n'est pas parce qu'on entend le cri des mouettes qu'on est à la mer. Qu'est-ce qu'elle voulait au juste : une cellule voisine ? Une place dans le même cercueil ?

La lumière commençait à baisser. Alice sortit de l'écume sur la pointe des pieds. Belle plante.

– Elle est fraîche, mais une fois dedans…

Elle attrapa la serviette au vol.

– C'est comme une tombe, quoi.

Elle ne releva pas. J'allumai une cigarette tandis qu'elle se séchait en miaulant. Une idée venait de germer dans ma tête ; je me tournai vers l'espèce de grotte qui se glissait sous le rocher :

– Tu crois qu'elle protège bien du vent ?

Alice suivit mon regard.

– La grotte ? Pourquoi tu demandes ça ?

*

C'était un matin d'été, chez moi. J'habitais une chambre sous les toits, dans le centre-ville. Il faisait chaud, les fenêtres étaient ouvertes. Probablement issue d'une des couvées nichées sous les toits, j'avais trouvé une jeune hirondelle tombée par mégarde dans la cuvette des toilettes. Surpris, je m'étais d'abord penché sur son sort. Les plumes happées par le poids de l'eau où elle se débattait en vain, la pauvre bête, épuisée, était en train de se noyer. Je me sentis décontenancé, comme si ce spectacle avait quelque chose de repoussant. Et toujours ces doux yeux bleu pétrole qui m'observaient, à la fois affolés et implorants… D'instinct, j'avais fermé le volet des toilettes et tiré la chasse.

Je ne savais pas pourquoi j'avais fait ça. Je ne savais toujours pas pourquoi. Quand plus tard j'accourus, c'était pour constater que la cuvette était vide. Affreusement vide.

Oh ! je n'étais pas un enfant, j'avais déjà vingt ans, et ce n'était pas l'insecte sans doute trop petit pour être vrai qu'on écrase avec la sourde haine envers ces bestioles qui si elles s'unissaient pourraient bien nous mettre la pâtée, mais un être familier, en difficulté, que je remerciai d'exister en tirant la chasse, comme s'il s'agissait d'une chose insupportable à regarder, comme de la merde, de la merde au fond d'un chiotte. Je pensais à ce que j'avais lu sur les camps de la mort, aux scènes insoutenables où les gens se chiaient dessus, en tas, nus écorchés grelottants, tous ces morts qui se chiaient dessus, des tas et des tas de morts qui bougeaient encore, dans leur merde, sans âme, sans haine, sans sexe, sans rien, tous ces cadavres qui s'amoncelaient au fond des trous à merde, et à moi qui avais tiré la chasse…

Pauvre bête.

Pauvre type.

J'écrivis à la petite hirondelle, noir sur blanc, une sorte de testament, pour elle. La peur nous prend parfois par surprise : cela ne se reproduirait plus. Jamais…

— Tu as fini ? lança une voix dans mon dos.

Penché sur ma feuille de papier à cigarette, un oiseau mort pendu à mes remords, je ne l'avais pas entendue venir. Ce démon de fille marchait dans le bruit des vagues…

Malgré la lumière tombante et la brise qui soufflait à l'entrée de la grotte, Alice réussit à glisser le message dans la balle sans rien renverser de la poudre. Un travail de professionnelle. Je logeai le projectile dans le barillet. Toucher l'arme ne me dérangeait plus, comme si le choc postopératoire était passé : restait à déterminer la maladie...

L'écume ramassait les coquillages sur la plage. Personne en vue : je stoppai ma marche devant les flots, dénichai un coin de ciel bleu dans l'horizon finissant et visai. Un bref frisson me parcourus lorsque je songeai au premier meurtre que j'avais commis, à ces yeux de velours, ma barbarie... Berceau de la Terre, le va-et-vient de la mer me rassura un peu sur mes liens avec la nature. Soudain, l'univers se contracta sous la pression de mon doigt : elle allait loin, l'hirondelle de mes vingt ans...

*

— Qu'est-ce qu'ils racontent au juste ?

Je refermai le journal.

— C'est bizarre, répondis-je dans une moue : ils parlent d'un tas de trucs, d'attributions de marchés publics illicites, de possible règlement de comptes avec des groupuscules régionalistes lors de la construction de je ne sais quoi, des autonomistes basques, mais pas du carnet. Regarde si tu veux...

Mais Alice me croyait sur parole. Bizarre en effet... Comment n'avaient-ils pas fait le lien ? Elle aussi prenait globalement la police pour un ramassis d'arriérés mais il y avait des limites, et elles n'étaient pas toutes à dépasser.

— On ferait mieux de se méfier, dis-je.

Elle se réfugia dans sa tasse de thé.

Nous avions quitté l'île aux Vierges vers dix heures, à l'arrivée des premiers estivants, et rejoint le port de Morgat pour le petit déjeuner. Au fond du bistrot, près du flipper, deux jeunes à la moustache naissante lâchaient des jurons, penchés sur un baby-foot. Une bonne moitié des joueurs avaient déjà perdu la face mais ils continuaient de les insulter : les gars étaient tendus car c'était alors une question d'honneur.

— Bon, qu'est-ce qu'on fait maintenant ? demandai-je. On ne va pas aller loin à vélo.

Alice oublia les joueurs de baby-foot.

— J'ai pensé à un endroit, dit-elle. Un endroit où ils ne nous chercheront pas…

— Ah oui ? Et c'est où ? En Patagonie ?

— Trop compliqué. Non : je pensais à une île. Pour se cacher.

— Une île ? Quelle île ?

— Je sais pas moi : n'importe laquelle…

On s'est regardés en chiens de faïence.

Un cri réjoui éclata, suivi d'un bougonnement rauque. On s'est tournés ensemble vers les deux types, dont les pognes rompues à l'exercice tremblaient encore après l'épreuve du baby-foot. Le plus petit venait de gagner.

— Une île, hein ?

Il y a une passion commune aux gens qui n'en ont pas : celle de se plaindre. Ou alors on parle du temps qu'il fait. Après une lente dérive le long des départementales, c'est donc au crépuscule et en silence que nous atteignîmes Concarneau.

Alice roulait devant, avec la lumière, son sac à dos et les duvets bourrés dans la sacoche. Je suivais avec le reste des affaires. Le phare avant fonctionnait par intermittence (roue avant voilée) mais le bruit de la dynamo me rappelait les soirs où je faisais le mur chez les Viocs.

Jugeant les hôtels peu sûrs, nous avions prévu de dormir sur une des plages du littoral avant de filer le lendemain pour Lorient. De là, nous prendrions le ferry pour Groix. Une île. Le choix pouvait paraître absurde, il l'était. Nous avions d'abord pensé à Ouessant mais la proximité de notre dernière planque et la présence de la Poubelle dans les environs nous contraignaient à pousser plus au sud. Nous ne trouvâmes aucun barrage de police sur la route, juste des fleurs dans les champs, deux ou trois hérissons écrasés, des familles en VTT, un lot de vaches paressant sous les pommiers et quelques autochtones en voiture électrique.

Nous arrivions enfin sur la côte sud du Finistère, le ventre creux après le sandwich au saucisson avalé en chemin.

– On s'arrête boire un coup ? proposai-je.

Alice ne se fit pas prier. Citadins pourtant rompus au vélo, nous avions fait plus de soixante-dix kilomètres dans la journée. Nous descendîmes en roue libre la petite côte qui menait au port et garâmes les vélos devant le premier troquet du coin.

– Hou ! J'en ai plein les fesses, fit-elle en s'étirant.

— Moi aussi. Tu veux quoi ?
— Un diabolo menthe.
— C'est dégueulasse ça, non ?
— OK : alors deux calvas.

Jouissant d'une vue imprenable sur le port et les remparts illuminés de la citadelle, une poignée de touristes en marinière faisaient traîner l'apéro à la terrasse du café. Des Parisiens sans doute. Alice les salua avant de se vautrer sur une chaise libre.

Plein les fesses.

Ça lui rappelait au passage qu'elle n'avait pas fait l'amour depuis un moment — c'est-à-dire trop longtemps : dans son calendrier, Alice pensait que si les mecs étaient moins cons, elle ferait l'amour à peu près tous les jours, voire deux fois par jour, les jours de grand vent. Avec des personnes différentes bien entendu, puisque notre société poussait à la consommation, mais en privilégiant le plus doué, le plus amusant. Quitte à se le taper toute sa vie.

Seulement les mecs s'y prenaient comme des manches. Il suffisait de les voir. Prenez moi par exemple, qui revenais avec les calvas : une stature d'apache, des yeux de mangouste devant le cobra cracheur et pas foutu de se dégotter une fille : comme un manche…

12

Tous les diables derrière leur grillage

L'incident sur le bord de la route n'avait duré qu'une poignée de secondes mais Martial en garderait les séquelles. Son visage était sérieusement éraflé, voire lacéré après son éviction dans les ronces du fossé et son nez, tailladé de toute part, lui faisait mal, surtout lorsqu'il bougeait les narines. Il se taisait cependant : ils avaient perdu Alice par sa faute — c'était du moins la version de Luis. Il était même catégorique sur le sujet : à l'entendre, le Basque ne savait pas ce qui le retenait. De quoi, Martial n'en savait rien et ne voulait pas le savoir. C'est qu'il commençait à lui foutre les jetons, ce type, avec ses excès de violence incontrôlée, sa paranoïa et ses petits yeux vitreux qui vous regardaient de biais, cléricaux, méprisants…

Après qu'un paysan eut sorti la BM du fossé où son manque de sang-froid les avait précipités, ils reprirent la route en quête des fugitifs. L'ambiance, déjà tendue, virait à l'hostilité : quoique non déclarée, la guerre couvait. Martial avait la trentaine rondouillarde, l'intelligence pratique d'un employé de banque et la tonicité d'une limace : Luis l'écraserait, c'était juste une question d'humeur, il le sentait trop bien... Heureusement, ils retrouvèrent leur trace deux jours plus tard — un bled sur la côte, Locmaria-Plouzané, où le couple semblait résider : ils n'avaient qu'à suivre la mer jusqu'aux rochers de Trégana, c'était le petit chemin sur la gauche... Luis ne remercia pas les commerçants du village : la maison était vide.

— *Hija de puta !* feulait-il.

Il avait reconnu les dessous d'Alice dans la chambre à l'étage. Rouge et blanc, avec un filet vert : les couleurs du drapeau d'Euskadi. La petite garce s'était bien foutu de lui...

Sept heures du soir. Luis fouinait à l'étage quand le sifflement de Martial, chargé de la surveillance au bout du chemin, le poussa vers le Velux : une Clio rose approchait, picorant bientôt les graviers du jardin.

Un couple de jeunes gens descendit de voiture et marcha jusqu'à la maison, main dans la main.

— Alice ? appelait le nouvel arrivant. Alice ?

Luis les cueillit à froid dans l'entrée du salon.

— Qui êtes-vous ? aboya-t-il.

Les jeunes gens sursautèrent. L'homme qui leur faisait face avait un nez aquilin, le teint hâlé, deux dents en or, les joues grêlées, creuses, et un je-ne-sais-quoi d'intensément dangereux dans ses yeux noirs et secs.

— Mais heu... Philippe Mavel, le propriétaire de la maison... Et vous ?

— Police. Vous connaissez ?

Deux photos surgirent de sa veste beige. En retrait, une blonde aux cheveux courts envoyait des regards farouches. Mavel se pencha sur le cliché, elle à peine.

— Bah ! oui : c'est Alice, répondit-il.

Échalas aux lèvres pulpeuses, un brin négligé, l'air de revenir de vacances, Philippe Mavel passa sa main sur ses cheveux ras sans comprendre.

— Où est-elle ?

— Ça, je ne sais pas…

Sa voix était douce. La blonde, elle, continuait d'envoyer des missiles. Luis la détesta aussitôt.

— Comment ça, tu ne sais pas ?

— Je lui ai prêté la maison pour la semaine. Je ne sais pas où elle est.

— Tu te fous de ma gueule ?

Quand Martial arriva, le visage du Basque avait changé.

— Mais non, je vous assure ! se justifia Mavel. On ne s'est même pas vus ! J'allais partir quand elle m'a téléphoné pour la maison : j'ai laissé les clés sous le paillasson et je suis parti à Angers pour mon stage de zen…

Luis les jaugea de son air maladif. La fille était jolie, pas l'air idiote. Lui plus naïf. Le genre jospiniste. Bien sûr, il mentait.

— Un stage de zen, hein…

Il saisit l'oreille du jeune type et tira d'un coup sur l'anneau fixé dans son lobe. Philippe cria en se jetant à terre, comme attiré par la douleur. La blonde cria aussi, avant de s'arrêter, la main sur la bouche. Son compagnon se tenait l'oreille en pestant.

— Mais vous êtes complètement cinglés !

— Où est Alice ?

— Mais je ne sais pas !

— Où est-elle ? répéta-t-il, détachant chaque syllabe.

— Mais puisque je vous dis que… Non, arrêtez ! Myriam n'a rien à voir avec cette histoire !

La jeune femme se débattait mais la poigne de Luis était trop puissante : il la traîna jusqu'au canapé, faisant pépier les canaris, et la projeta violemment sur le dossier. Dans le même mouvement, sentant une présence dans son dos, Luis frappa : Philippe, qui se précipitait, reçut le poing en pleine face. Un poing américain, sorti de sa poche en un éclair. Dans l'embrasure de la porte vitrée, Martial retint son souffle : Mavel titubait au milieu de la pièce, une main sur le visage, tentant de retenir le sang qui coulait de sa bouche. Une dent puis deux tombèrent sur le carrelage. Les gouttes le suivirent dans sa marche pathétique avant qu'il ne s'affale sur une chaise, visiblement K.O.

— Dis, tu crois pas que…

— *Callate !*

Martial recula. L'atmosphère s'était chargée d'électricité. Lui aussi avait peur. Sur le canapé, Myriam pleurait doucement. Luis s'approcha d'elle, un léger tremblement à la lèvre supérieure. De sa main ensanglantée, il releva le menton de la jeune femme, qui le regarda dans les yeux. Une saine rage déformait son visage. Il sourit :

— Où est Alice ?

La fille baissa la tête, ravalant les larmes qui affluaient dans sa gorge. Silence de mort dans la maison. Le Basque se tourna alors vers Philippe, à demi inconscient sur sa chaise. Son oreille était en charpie mais vu son visage, ça n'avait plus beaucoup d'importance. Visiblement satisfait, il essuya son poing américain sur le corsage de Myriam qui tremblait, recroquevillée sur le sofa.

— Va chercher dans les chambres, lança-t-il à Martial. Et restes-y.

L'homme ravala sa salive.

— *Entiende ?*

Alors seulement il déguerpit.

Lentement, Luis ferma la porte du salon. Les canaris faisaient un boucan de tous les diables derrière leur grillage.

13

Restes-y

Fessiers douloureux, os gelés, courbatures, ventre creux, langue chargée et aucun dentifrice à se mettre sous la dent : on s'était réveillés dans un piteux état après notre course de la veille. Abandonnant la plage aux romantiques, il nous avait encore fallu parcourir une trentaine de kilomètres avant de se séparer pour les courses de première urgence.

Le rendez-vous avait été fixé à trois heures sur l'embarcadère des ferries. Il était moins cinq : les bras encombrés de sacs, je déambulai sur le quai du port de Lorient. L'endroit était dangereux, raison pour laquelle je marchais en guettant les angles morts. Pour le moment, tout allait bien : sur le quai, c'était la foule des grands jours — Alice.

— Qu'est-ce que tu as fait à tes cheveux ?

— Bah ! j'ai fait comme toi, répondit-elle : je les ai coupés.

Je reculai pour l'embrasser en entier. Ça me faisait drôle de la voir avec les cheveux courts — en plus ils étaient rouges après son passage chez le coiffeur pour dames —, mais au final, c'est vrai que ça lui allait plutôt bien…

— Ça fait un peu garçon manqué, évaluai-je. Sauf la couleur : très réussie.

— C'est vrai, tu aimes bien le rouge ?

— Bien sûr : je suis pas une brute.

Elle passa la main sur son nouveau pull, un bleu :

— À toi aussi ça te va bien les cheveux courts…

J'avait rasé ma tignasse brune sans états d'âme. Ça me durcissait le visage mais on ne voyait plus que mes yeux de fouine et l'air brûlant d'angoisse qui devait flotter dedans.

— L'essentiel c'est que personne ne nous reconnaisse. Tu as vu des caméras de surveillance ?

— Non, mais il doit y en avoir partout. Tu as les tickets ?

— Oui : allons-y.

Nous poussâmes les vélos jusqu'à la passerelle. La navette du matin attendait, carcasse flottante dans l'eau croupie du port. Fuyant le regard aimable du personnel à casquettes, on a grimpé à bord, rangé les vélos et pris place sur la plate-forme arrière. Alice s'accouda à la rambarde et scruta l'eau du port, songeuse. Le pont s'était rempli peu à peu de gens qui, paradoxalement, ne prenaient leur temps qu'en vacances. Enfin, une sirène envoya du gasoil dans les nuages ; sur le quai, des mains s'agitaient.

Le bateau dépassa les grues et les entrepôts qui jouxtaient la base militaire. Le continent s'éloignait au pas de l'écume.

— Tu ne parles pas beaucoup depuis ce matin, fit-elle remarquer.

— Je suis un tueur en cavale, pas une pipelette.

Alice haussa les épaules, s'adossa à un container et entama son nouveau livre, *Esthétique de la disparition*… Plus terre à terre, je me tournai vers le *Ouest-France* que consultait mon voisin. Malgré la brise qui chiffonnait la manchette, on pouvait lire, en bas à droite :

« Meurtre du député : les enquêteurs sur la piste des réseaux indépendantistes. »

N'importe quoi.

Est-ce le hasard qui fait bien les choses ou les choses qui parfois se hasardent ? Question à la con puisque le hasard, paraît-il, n'existe pas. En tout cas Alice connaissait des gens sur l'île de Groix, notamment un certain Fifi, dont le métier consistait à amarrer les bateaux venus du continent : aussi est-ce vers lui que nous nous dirigeâmes après l'accostage, poussant nos vélos lourdement chargés.

— Comment il s'appelle déjà, ton copain ?

— Fifi. C'est un ours mais il est sympa, tu verras, prédit-elle.

Fifi portait un jeans et un polo Lacoste vert aussi défraîchi que sa mine. On lui donnait entre quarante-cinq et cinquante ans mais, au teint du bonhomme, je me doutai bien qu'il en avait facilement dix de moins : râblé, la barbe brune et drue, deux yeux coupants, le nez comme un chou rouge et les mains comme des cailloux.

— Salut ! lança Alice à l'homme qui s'affairait sur le quai.

— Tiens tiens… répondit l'ours en l'apercevant. Regardez-moi qui revient dans les parages…

Il aurait dit la même chose du loup. Belle bagarre.

— Ça fait un moment, hein ? sourit-elle en passant le doigt dans un trou du polo.

— Qu'est-ce que tu fous avec les cheveux rouges ?

— Je me balade.

— Je préférais avant, railla-t-il.

— Toujours aussi réac'.

Fifi ricanait quand il vit ma figure dans son dos. Il lâcha sa touline avant de maugréer :

— Ah ! T'es chiante : t'es encore venue avec un mec !

Curieusement, je me sentis flatté de ma position de bon dernier. Juchée sur la pointe des pieds, Alice marcha en se tortillant autour de Fifi — elle faisait la Barbie.

— Fred, je te présente Fifi !

— Ça s'arrange pas toi, hein ? renvoya-t-il avant de me désigner d'un coup de tête. Bon alors, d'où il sort celui-là ?

Elle redescendit de ses orteils :

— Je l'ai trouvé sur le bord de la route. Tu sais comment je suis, toujours à me laisser attendrir.

— Ouais, ben en attendant, le dernier que tu as attendri est toujours au fond du port.

— Ah bon ? Qui ça ?

— Tu te souviens de Paulo ?

— Celui qui jouait aux fléchettes toute la journée ?

— Non, ça c'est Momo. Non, Paulo : celui qui vivait dans une cabane au fond d'un jardin, chez sa mère…

— Ah oui !

— Ben il s'est noyé, une nuit.

— Ah bon ?

— Ouais. On l'a repêché le lendemain dans le port…

Fifi cajolait sa barbe comme s'il s'agissait d'un petit animal familier.

— Encore bourré, j'imagine, fit-elle en guise d'épitaphe.

Son vieux copain ne la contredit pas :

— Bah ! Je crois qu'il en avait marre du caillou…

J'écoutais leurs divagations d'une oreille distraite, plus préoccupé par la camionnette de la gendarmerie garée près du port. Comme l'employé municipal ne semblait toujours pas disposé à me serrer la main, j'observai Port-Tudy. L'île de Groix engloutissait son nouveau lot de vacanciers, foule hétéroclite où se mêlaient shorts, caméscopes, glacières, sacs à dos, VTT, 4 × 4, et même une équipe de télévision, installée sur la cabine du capitaine. Il ne manquait plus qu'on m'arrête en direct…

— Tu sais où on peut planter la tente ? demanda enfin Alice.

— Y a des campings.

— Oui, mais on n'aime pas les gens. Tu connais un endroit tranquille ?

— Dis donc, t'es gonflée ! s'emporta le barbu péremptoire : tu débarques à l'improviste, avec un mec en plus, et il faudrait encore trouver un endroit pour planter ta tente !

— Oui.

— Avec l'autre, là !

Je me tournai vers eux : Alice me regardait comme si j'étais un cheval.

— Oui oui, celui-là...

Tout ce cirque commençait à m'énerver sérieusement. Fifi sortit alors le petit sourire qu'il cachait dans sa barbe :

— Bon, acquiesça-t-il : au pire, y a mon jardin...

De nature plus prompte à la destruction, je laissai à Alice le soin de dresser la tente. Séparé de la maison par un plan de tomates, le jardin était clairsemé d'arbres fruitiers, de cages à poules et autres clapiers. Pas de l'élevage intensif, juste de quoi régaler les copains.

Je balançai les affaires dans le fond de la canadienne :

— Et Fifi, tu le connais depuis longtemps ? demandai-je, toujours méfiant.

Elle passait le doigt par le grillage en souriant aux lapins.

— Je suis venue ici un été.

— Les cerfs-volants ?

— Non, les photos.

— Ne me dis pas que tu as fait des photos de Fifi !

— Oh ! tu sais, quand une nana s'enferme avec un type dans une pièce et lui demande de se mettre à poil avec elle, il oublie vite la photo.

— Tss…

Un jour elle tombera sur un vrai cinglé…

Avec le soir, la plage des Curés s'était comme qui dirait défroquée : Alice était partie se baigner vers le large, nue. On ne distinguait plus que sa tête, petite tache rouge dans la lumière rasante du crépuscule. La plus belle heure de la journée. Les verts crachaient de la chlorophylle, les bleus flirtaient avec la mer, même la roche engloutissait les ombres… J'empoignai le bic noir qui accompagnait le revolver dans la boîte à chaussures et, la feuille à cigarette laissant peu d'espace à la confession, allai à l'essentiel.

Ce jour, chez les Viocs…

À dix ans, je ne savais rien, ou pas grand-chose : je n'étais qu'un mioche, un rien-du-tout qu'on plantait çà et là, une mauvaise graine comme ils disaient, toujours prêt à mordre la main qu'on ne me tendait de toute façon pas, un loup en gestation, ou son symbole articulé — pour ça, les qualificatifs ne manquaient pas, les gens pour en juger non plus… Chez les Viocs, une gamine venait parfois le dimanche. Sandrine elle s'appelait. Elle n'avait pas douze ans mais à mes yeux de vaurien, elle en paraissait quinze. La pie qui l'accompagnait était une amie de la famille. Pendant que les Viocs alimentaient la conversation dans le salon, on envoyait la gamine monter jouer avec moi. Obéissante, Sandrine faisait ce qu'on lui disait. Le problème, c'est qu'elle ne disait rien. Elle attendait, sous ses cheveux bruns, qu'un rêve passe et l'emmène loin.

J'y pensais aussi, j'aurais bien voulu en parler mais elle ne comprenait rien. Rien du tout... Un après-midi, alors que les autres avaient sorti le rami sur la grande table du salon, je m'étais retrouvé une fois de plus dans la chambre du haut avec cette Sandrine. C'était en été.

— Pourquoi tu parles pas ? je lui disais. T'es sourde ou tu t'en fous ?

Elle ne bougeait pas, assise sur la chaise du bureau, seule avec son grand mystère. J'ai continué :

— Et si je t'embrasse, tu ne diras rien ? Ça te plairait même ? Dis ? Sandrine ? Je peux t'embrasser ?

J'étais culotté, comme tous les traîne-savates. J'avais dix ans. Je ne savais rien. J'avais tout oublié. Au fur et à mesure. Un vaurien comme ils disaient, les Viocs. Alors je l'ai embrassée, sur la bouche. C'est par là qu'on commençait. Sandrine se laissa faire. Même la langue, elle s'en fichait. Pas moi. J'avais vu ça dans les films, des couples qui se pourlèchent pendant des heures en soupirant longuement...

— Tu sais danser ? Hé ! Sandrine ? Tu sais danser ?

Le silence dura un moment. Alors je l'ai prise par la main.

Sandrine était plus grande que moi, pas bien belle mais déjà formée. En bas, on entendait la Vioc s'esclaffer : sûr que le Vioc avait posé son jeu d'un coup, sans prévenir, en roublard : ça l'impressionnait toujours, la gourde. On a essayé de danser un peu dans la chambre mais Sandrine non plus ne savait pas.

Je m'étais retrouvé comme un jeune imbécile. La fille, elle, souriait mollement. Qui sait, peut-être qu'on ne l'avait jamais fait danser ? Alors je me suis lancé :

— Et si je passe ma main sous ta robe, tu ne diras toujours rien ? Ça te plairait même ?

Silence de mort dans la chambre. Je n'étais qu'un mioche mais je sentais la boursouflure dans la poche de mon pantalon. Une boursouflure qui me soufflait vas-y grand con, tu vois bien que c'est dans la poche… Je plongeai la main dans sa culotte. Réaction nulle. Ma main frotta sa toison drue, descendit plus bas, se rétracta. Objet non identifié. La fille ne manifestait pas, debout sur la moquette, impassible. J'aurais pu peloter une statue avec le même engouement. Sa robe ne pesait rien. Ma main faisait tout.

— Et si…

Je ne savais pas comment je fis pour m'introduire sous sa robe, entre ses cuisses : je n'étais qu'un jeune chiot, une bête inconsciente, un sauvage comme ils disaient aussi. Il fallut un bruit suspect au rez-de-chaussée pour que je lâche enfin prise. Haletant, saisi par la peur, j'avais alors reculé vers le mur. Sandrine se tenait debout contre le rebord du bureau, les bras ballants. Je la regardais, hébété, le sexe poisseux, à moitié fou, suppliant de faire quelque chose, un geste, n'importe quoi, en vain : la fille ne bougeait toujours pas. Ses yeux regardaient le plafond, vides. Malades et vides...

Sandrine avait rencontré le loup.

*

Au début je ne pensais pas grand-chose du gingembre, avec une pensée de carpe autour de ces idées olfactives : le gingembre, goût d'Alice, m'avait fait passer du stade du primate jeté dans la fosse du consumérisme abscons à celui d'homme civilisé cherchant dans ses racines l'équilibre fragile et puissant du bon goût.

– Tu exagères ! lança-t-elle en débarrassant les assiettes.

– Quatre feuilles : il paraît que ça porte bonheur.

– Un pétard de compet' ! gloussa Fifi en reluquant le planeur.

Nous l'avions invité à dîner au fond de son jardin, pour le remercier. Non content de nous héberger, le bougre venait de nous dégoter une gazinière, récupérée dans le garage de ses parents, qu'il avait pris soin d'installer avec une bouteille presque neuve. Un peu cinglé le Fifi mais un brave type. Hormis le four, la gazinière fonctionnait bien : Alice venait de réussir un poisson au gingembre qui, flanqué de muscadet, avait vite viré à la cuite carabinée. Forcément, on commençait à s'épancher : en bon îlien, Fifi expliqua qu'il n'avait jamais pu se faire au continent. Pas de boulot, rien que du RMI, ou alors l'usine, creuser des trous, s'écorcher sur les chantiers, porter des caisses, ranger des trucs... Pour quoi, pour qui ? Sandra ? Elle se foutait de lui, depuis le début ! La preuve, elle était partie. Alors lui était rentré. Sur l'île, Groix, le « caillou » comme il disait, où il buvait pour tromper l'ennui.

— Le continent, c'est plus possible maintenant, insistait-il en s'arrachant les poumons sur le dessert. Trop tard, il ajouta.

Je hochai la tête :

— Dis, c'est pas la Tchétchénie non plus...

Mais il n'écoutait pas :

— Moi c'est par la racine que j'me fais bouffer ! La racine !

Il rugissait.

— Bah, comme tout le monde, répliquai-je en pensant aux Viocs.

Fifi secoua la tête devant son verre, le regard sombre de celui qui a vu couler l'Amoco Cadiz.

— T'as pas grandi sur un caillou, tu peux pas savoir...

Ses yeux se perdaient au-delà des clapiers, mélancoliques. Et si, comme lui, nous étions prisonniers de l'île ?

Le voyant tituber du goulot au-dessus des verres, je réalisai qu'il était temps de bouger.

— Prends ton sac à dos, dis-je à Alice.

Elle ne posa pas de questions — c'est elle qui gardait le revolver.

Chez Ti Beudeff, la bière était bretonne et la blanche hermine à toutes les sauces. La cuite carabinée virait à la débâcle. Coude au comptoir, postillonnant sur le premier venu, Fifi racontait ses histoires d'autochtones à qui voulait l'entendre. Ce soir c'était notre tour. Avec une emphase qu'on prendrait chez d'autres pour du folklore littéraire, il dit qu'il avait vu toutes ses copines s'enfuir sur le continent, une à une, c'était comme le sang de l'île qui fuyait comme d'un animal pendu à un crochet, que la vie ne valait pas un clou et qu'il nous emmerdait tous.

Même si je ne connaissais pas grand-chose aux filles, je le traitai de menteur. Alice trouva qu'on se trompait complètement, que les filles c'était autre chose, seulement elle ne nous dit pas quoi. Alors Fifi a recommandé. On ne savait pas ce qu'il pensait de nous au juste. Sans doute qu'il s'en fichait.

Enfin, quand il en eut assez de tout ce cirque, il jeta sa main par-dessus sa tête et lança à la cantonade :

— *Kenavo* enculés !

Avant de partir, tout à coup, fendant la foule.

— C'est ça : *kenavo*…

De toute façon, c'était la fermeture. Je pris la main d'Alice :

— Viens par ici toi…

J'avais repéré un endroit tranquille près de la plage des Curés, le « trou de l'enfer », ça ne s'invente pas, où je pourrais expédier mon sale petit secret, et accessoirement un peu de ma violence… Les vélos zigzaguaient sur la route, envoyant la lumière de la dynamo dans les champs.

— J'en peux plus ! s'époumonait Alice, avachie sur son vélo de course.

— Moi non plus.

Nous étions fins soûls mais je pensais toujours à Sandrine, cette pauvre fille que j'avais abusée sans rien comprendre de mes instincts de sauvage. Bon Dieu, d'où je tenais ça ? De mes parents ? Ils avaient l'air de deux parfaits abrutis, pas d'obsédés sexuels. Les Viocs ? Si la grand-mère avait le sex-appeal d'un gnou, son mari semblait n'avoir pas bandé depuis la guerre d'Algérie. Non, c'était moi le seul coupable, c'était moi le loup.

Pauvre fille. Qui sait ce qu'elle était devenue…

On a alors croisé Fifi, qui errait au milieu du chemin, en proie à des démons beaucoup plus grands que lui : ses bras faisaient des moulinets désespérés tandis qu'il titubait au hasard, éructant sa dernière bière au gré de l'asphalte. Son visage était trempé, presque méconnaissable. Alice actionna sa sonnette mais le barbu ne nous vit pas plus qu'il ne nous entendit. Celui-là, il fallait le voir boire pour le croire…

Enfin, on a abandonné les vélos contre la rambarde de bois qui marquait l'accès au « trou de l'enfer » et, sous un crachin mou, marché jusqu'au précipice.

Déjà on entendait la mer gronder ses petits embruns qui, jaillissant de la saillie rocheuse, venaient fouetter nos visages échauffés par la course et l'alcool.

— La vache !

Je me tenais penché au-dessus de la béance.

— Te casse pas la gueule, dit-elle en posant son sac sur le terre-plein.

La mort était là, à mes pieds, toute proche. L'appel du vide, vertigineux. L'envie montait déjà, hosanna de la peur, la mort qui grouillait plus bas, la mort qui frappait, écumante de rage, à la porte de la Terre, sabrant la roche… La mort, oui… Seulement, je verrais ça plus tard : j'avais encore deux ou trois choses à régler. Des choses sérieuses.

Je saisis le revolver qu'elle me tendait et, évitant soigneusement ma bonne étoile, balayai du canon la voûte céleste. La lune était pleine, belle en diable. Je songeai un instant à cette part d'opacité que je traînais depuis mon enfance et attendis le choc du prochain rouleau sur les rochers pour presser la détente. Pan : quelque chose comme le remords s'est planté dans le cratère de droite.

Quelque chose qui disait restes-y.

14

Ligne de fuite

C'est le garde-champêtre de Loperhet qui retrouva la 504 Peugeot bleu métallisé immatriculée 6667ND35 : située le long d'une ligne de chemin de fer désaffectée, grossièrement camouflée sous des branchages derrière les ruines de l'ancien garde-barrière, le véhicule était tellement cabossé que l'employé municipal avait d'abord cru à une voiture volée. Il avait donc alerté la gendarmerie locale, qui avait passé l'information au lieutenant Mc Cash.

Quand celui-ci arriva sur les lieux, les hommes du préfet encombraient les sentiers frais et humides du sous-bois. Peut-être même des types de la DST. Le Cairan était le voisin du député, ils avaient vite fait le rapprochement et, dans cette affaire d'État, toutes les pistes étaient vérifiées. En retrait, les gendarmes de Plougastel chargeaient l'atmosphère de commentaires allusifs. Silencieux, professionnels, les inspecteurs en civil relevaient des empreintes sur le terreau, encore meuble après l'orage de jeudi.

L'Irlandais n'était pas à la fête. Le bandeau qui cernait son visage le démangeait, il avait mal au crâne, à s'en arracher les cheveux. Dans son nez, plus d'odeur. Juste une sensation de sang séché. Il avança vers le bâtiment en ruine où s'agitaient des hommes en tenue de combat. Celui qui les dirigeait s'appelait Legay. Jean-Yves Legay. Un grand costaud aux cheveux blonds rasés, engoncé dans un cou de taureau cerclé d'or. Veste Armani avec boutons de manchette, mâchoire cubique, pommettes saillantes, Mc Cash le salua à peine : il était dans un sale état et il n'aimait pas les bijoux pour les hommes.

— C'est vous qui recherchez Le Cairan ? fit-il, penché sur la 504.

— Oui.

Legay redressa ses yeux, d'un bleu sibérien.

— Et vous ne l'avez toujours pas retrouvé ?

— L'oiseau est disons, volatile.

— Hum hum... Et la voiture ? Volée ?

— Possible.

— Alors ? Le Cairan c'est une bonne ou une mauvaise piste ?

Avec la migraine qui l'assaillait, Mc Cash fit la moue sans forcer.

— Je sais pas. À quand estime-t-on l'abandon de la Peugeot ?

— Pas plus d'une semaine : on a retrouvé un journal daté du 7 sous le siège avant.

L'Irlandais compta les jours dans sa tête, probabilisait l'amplitude de leur déplacement, quand une sorte de libellule vint bourlinguer autour de son front moite : cherchant à l'écarter, il se perdit dans ses calculs, recommença à zéro. Jusque-là arc-bouté sur le siège avant, un flic en civil ressortit de l'habitacle, tenant à la main un objet enrubanné de papier bleu et blanc.

— Qu'est-ce que c'est que ce truc ? fit Legay en dépliant les ailes d'une espèce d'animal peinturluré.

— Un cerf-volant, répondit Mc Cash dans son dos.

L'officier, agacé, étudia brièvement l'objet et conclut :

— Aucun intérêt. Maintenant vous me fouillez les environs, vous finissez de relever les empreintes et vous me consignez tout ça dans un rapport : au trot !

Legay agita sa gourmette. Autour de lui, les policiers se dispersaient, fourmis au combat des herbes folles. Les ordres résonnaient sous la futaie, les gendarmes opinaient du képi, s'organisaient, communiquaient, démarraient des voitures.

Adossé à un vieux chêne, Mc Cash observait leur manège. Il pensait à ce qu'il avait vu écrit à l'encre de Chine sur les rubans du cerf-volant : « Pour tes six ans, petite. »

L'enquête qui suivit menait à Saint-Jean-de-Luz : interrogeant un de ses contacts à l'Erzaintza, la police autonome basque, Mc Cash apprit qu'à la mort de ses parents Alice Arbizu avait été élevée par sa tante, Itziar Aizperua, elle-même proche d'Herri Batasuna, chef du parti indépendantiste basque Unité Populaire, lequel groupe ne s'était pas présenté lors des manifestations qui suivirent les dernières tueries orchestrées par l'ETA. Mieux, la tante d'Alice aurait même déclaré à cette occasion qu'un « peuple qui lutte est un peuple qui vaincra »... Quant à son frère, un certain Martial Arbizu, sympathisant déclaré, il n'avait pas regagné son domicile depuis plus d'une semaine. Des petits détails qui corroboraient la piste indépendantiste du préfet. Le problème, c'est que Le Cairan et Arbizu se comportaient comme de parfaits amateurs. Ils avaient semé les indices derrière eux, laissé des traces, oublié des choses... Quant au pavillon de Locmaria où ils avaient trouvé refuge, le propriétaire, un certain Mavel, n'était toujours pas réapparu...

Six heures de l'après-midi : les bistrotiers préparaient les terrasses, les goélands survolaient les colombages du vieux Rennes après avoir festoyé à la déchetterie, les filles marchaient vite, les garçons faisaient du style, les personnes âgées avaient comme disparu de la ville. Mc Cash but deux bières en espérant passer son mal de crâne. C'est en consultant son carnet de notes, succession de listes obscures et de gribouillis illisibles, qu'il fit enfin le rapprochement entre le dénommé « Filou », l'imprimeur fantôme de *L'Ankou Magazine*, et Georges Filoc'h, ancien cadre du FLB, dont le nom avait traversé le dossier du préfet Basillac.

À croire que les amphétamines lui ramollissaient le cerveau...

Filoc'h habitait Rochefort-en-terre, commune du Morbihan, une petite ferme retapée perdue au milieu de la campagne. Sorte de grizzly au pull élimé, le sexagénaire arrosait un plan de capucines lorsque Mc Cash gara sa Safrane dans la cour.

Un grand chien noir aboya une fois et vint renifler les roues du véhicule. Le policier claqua la portière, un œil sur le hangar adjacent, et avança vers la grosse tête rustique de Filoc'h. L'homme avait une voix de ténor, l'œil bleu ciel et aucune appréhension en voyant débarquer chez lui un borgne aux allures de flic.

— Qu'est-ce que vous voulez ? lança-t-il après un bref salut.

— Police, répondit Mc Cash.

— Désolé, je suis à la retraite.

— Je ne viens pas pour vous.

— Il n'y a personne d'autre ici. À moins que vous ne vouliez embarquer mon clébard. Lucky ! cria-t-il. Viens ici !

Le chien noir jappa, laissant couler un filet d'urine sur le pneu avant de la Safrane.

— C'est vous qui imprimez la revue de Le Cairan ?

— Oui.

— Vous savez que rien n'est légal dans cette affaire ?

— Oui. Par contre ce qui est légal, c'est de se faire payer en stock-options pour éviter de contribuer aux charges qui pèsent sur la collectivité et virer des types qui en bout de chaîne viendront nous quémander de quoi bouffer pendant que les zigotos qui ont fomenté le coup se gavent de dividendes…

Il posa son arrosoir, les yeux pétillants d'une rage intacte.

— Vous paraissez bien au courant de la mondialisation pour un ancien chef du FLB, insinua Mc Cash.

— La révolte n'a pas de frontière.

— Toujours gauchiste ?

Filoc'h haussa ses épaules de pilier.

— L'autonomie, c'est de l'histoire ancienne : le monde a changé.

— Fine analyse. Et Le Cairan, il partage ce type d'idées ?

— On milite un peu pour un monde moins con.

— C'est-à-dire ?

— Rien de bien méchant. Pour foutre la merde, la vraie, il ne suffit pas de refuser de se lever pour Danette.

Mc Cash eut un rictus déplaisant :

— Et il vous paye pour imprimer ce genre de conneries ?

— Non : c'est moi qui offre.

— Comment ça ?

— Ça coûte cher l'édition. C'est, disons, ma contribution à la société de consommation. Je n'ai pas besoin de beaucoup d'argent, la maison est à moi et puis l'imprimerie, c'est pour le plaisir…

Il se tourna vers le hangar au fond du jardin.

— Hum… Bon, et Le Cairan, vous l'avez vu quand pour la dernière fois ?

— Fin juin, répondit-il, pour la publication du prochain numéro.

— Il paraissait comment ?

— Triste.

— Ah ouais ? Pourquoi ?

— Ça vous intéresse les histoires de famille ?

— Passionnément.

Filoc'h enfonça les mains dans les poches de son vieux jeans.

— Fred espérait obtenir la garde de sa petite sœur.

— Et alors ?

— Je ne sais rien de plus mais comme il n'a pas donné de nouvelles…

L'Irlandais alluma une cigarette.

— Vous connaissez sa famille ?

— Pas intimement.

— Et Alice Arbizu ?

— Alice ? reprit-il d'un air étonné.

— Vous la connaissez d'où ?

— Elle est venue manger un soir.

Visiblement, le souvenir était bon.

— Vous connaissez sa tante, n'est-ce pas ?

— De nom. Nous n'avons pas la même conception de la région…

— Et son frère, Martial ?

— Je connais pas de Martial.

— Et Alice ? C'est une autonomiste ?

— Ça m'étonnerait, estima-t-il, par contre c'est certainement une fille intéressante…

L'homme esquissa un sourire. Pas Mc Cash :

— Vous les croyez capables de faire des bêtises ?

— C'est drôle, éluda Filoc'h, pas plus tard qu'hier deux de vos collègues sont venus me poser la même question.

— Quels collègues ? Je n'ai pas de collègues.

— Un gros en sueur et un maigre, tout sec.

Tuvier et Orsillard. Des types de la DST. Il les avait vus traîner autour du bureau de la commissaire en compagnie de Legay...

— Qu'est-ce qu'ils ont demandé ?

— Si j'avais vu Fred. J'ai répondu la même chose qu'à vous.

— C'est tout ?

— Non : ils m'ont aussi demandé si un grand borgne avec une tête de con n'était pas venu me poser des questions ces temps-ci.

— Marrant. Alors ? reprit-il. Fred et Alice ?

— Oui, ils aiment bien faire des conneries.

— Quel style ?

— Eh bien, par exemple acheter un appareil jetable dans un Photo-Station, sortir du magasin et le jeter dans la rue.

Lucky flaira les chaussures anglaises du policier.

— Vous vous foutez de ma gueule ?

— Si je me foutais de votre gueule, vous en seriez sûr, inspecteur. Maintenant si vous voulez mon avis, Fred et Alice sont moins dangereux que vos collègues. Et s'ils étaient mêlés à l'affaire du député, car vous y pensez n'est-ce pas, ils ne prendraient jamais le risque de venir dans la maison d'un autonomiste à la retraite...

Mc Cash acquiesça, toujours en proie à ses nausées : Filoc'h avait joué franc-jeu — il en allait de l'avenir de son imprimerie clandestine.

*

Ainsi les types de la DST étaient sur ses talons. Soupçonnaient-ils Le Cairan ? Cherchaient-ils à l'entendre comme témoin éventuel du meurtre ? Il était le voisin du député et, après un silence qui durait depuis des jours, sa voiture venait d'être retrouvée dans un bois du Finistère, abandonnée…

Minuit trente-deux, premier étage : la lumière filtrait sous la porte de Gwénaëlle Magadec. Mc Cash appuya sur la sonnette, un truc kitsch en forme de rose des sables. La jeune femme apparut, vêtue d'une robe longue fendue aux mollets.

— Tiens tiens, dit-elle. L'inspecteur Mc Cash…

Son demi-sourire flirtait avec l'ironie. Trop mal en point pour tenir une conversation sérieuse, il lâcha :

— Je passais voir si vous n'aviez pas des nouvelles de votre copain, là, Fred…

— Vous auriez aussi pu téléphoner, rétorqua-t-elle sans façon. Non, aucune nouvelle.

Un peu de peau apparaissait par l'échancrure de sa robe.

— Et Philippe Mavel, vous le connaissez ?

— Philippe quoi ?

— Mavel.

— Non. Pourquoi, je devrais ?

— C'est un copain de Fred, hasarda-t-il.

— Je ne connais pas tous ses copains, dit-elle. Heureusement.

— Pourquoi ?

— Ils font trop de bruit pour moi.

Mc Cash grommela. Il n'avait toujours aucune nouvelle du propriétaire du pavillon : sa petite enquête l'avait mené à Angers, où un maître zen lui avait signalé que Philippe était parti deux jours plus tôt, *a priori* pour rentrer chez lui. Seulement personne n'avait de ses nouvelles depuis… Gwénaëlle sembla alors se rappeler quelque chose :

– Dites donc, c'est vous qui avez mis le bazar chez Fred ? Quand je suis montée arroser ses plantes, c'était pire que d'habitude !

– Vous avez ses clés d'appartement ?

– Oui, il m'a prêté son double. Il devait m'enregistrer un film au ciné-club…

Comme le policier semblait perdu dans le silence de ses pieds nus, elle ajouta :

– C'est tout ce que vous avez à me dire ?

– Non, fit-il en relevant la tête : par hasard, vous ne savez pas à quel mariage Fred s'est rendu le soir du meurtre ?

– Non.

– Du côté de Saint-Malo vous avez dit ?

– Oui, je crois.

La minuterie de l'escalier s'éteignit brusquement, laissant Gwénaëlle dans le contre-jour du couloir. Un chat passa les moustaches par la porte et fila dans l'escalier.

– Oh non ! Arturo ! Reviens !

Mais les chats ne reviennent pas comme ça. Quand elle poussa le bouton orange de la minuterie, Mc Cash cligna de l'œil. Gwénaëlle, déjà dans l'escalier, se retourna.

– Vous ne voulez pas m'aider à rechercher mon chat ?

Des sueurs froides papillonnaient sur le front du borgne.

— Non.

Son regard lui siffla sous le nez comme une balle.

— Bon, eh bien… au revoir ?

Il ne répondit pas. Les pieds nus de Gwénaëlle disparurent dans l'escalier.

D'un doigt rageur, Mc Cash effaça la larme qui s'échappait de son œil mort — cette saleté coulait toujours à l'improviste…

Dehors la pluie tombait et sa méchanceté le rendait triste. De toute façon incapable de dormir, il regagna sa voiture de fonction et décida de rouler sous les réverbères en attendant que les amphétamines « redescendent ». Saleté de dope. Saleté de gens. Saleté d'œil. Saleté de tout.

*

Trentième étage de la tour des Horizons, le lendemain. Mc Cash reprit le *Gai savoir* où il l'avait laissé : la page 403. À propos des gens qui détruisent tout sur leur passage, Nietzsche déclarait :

> *La volonté d'éterniser a besoin d'une interprétation double. Elle peut provenir d'une part de la reconnaissance de l'amour : un art qui a cette origine sera toujours un art d'apothéose. Mais elle peut être aussi cette volonté tyrannique d'un être qui souffre cruellement, qui lutte et qui est torturé, d'un être qui voudrait*

donner à ce qui lui est le plus personnel, le plus proche, donner à la véritable idiosyncrasie de sa souffrance le cachet d'une loi et d'une contrainte obligatoires et qui se venge en quelque sorte de toutes choses en leur imprimant en caractères de feu son image, l'image de sa torture...

— Ben voyons, marmonna le borgne.

Il prépara un joint d'herbe saupoudré de cocaïne. Les amphétamines frelatées le tourmentaient toujours et il avait choisi de soigner le mal par le mal — vieille tradition catholique. Puis il s'assit dans le canapé acheté le jour où il apprit que son père était mort en le réclamant, alluma la télé, coupa le son et aspira de longues bouffées âcres, son œil torve sur l'écran. À la télévision, une banque proposait n'importe quoi pour qu'on lui confie notre argent.

L'épisode de la 504 abandonnée en pleine forêt avait laissé des empreintes, des soupçons et un cerf-volant destiné à une gamine de six ans — elle venait de les avoir. Leurs parents s'étant tués au printemps suite à un accident de la circulation, Frédéric avait fait une demande au juge des affaires familiales afin de devenir le tuteur de la gamine, demande qui avait été rejetée : les grands-parents avaient obtenu la garde exclusive de l'enfant. Lui et Alice avaient abandonné la voiture, ils se sentaient donc traqués. Dans ces circonstances, pourquoi continuaient-ils à confectionner des cadeaux à la petite ?

Les yeux dans le vague, le policier voyait défiler les images sur l'écran de télévision. Nouvelle fraude dans l'histoire de la vache folle, tout le monde était dans le coup. Interview d'un industriel en blouse blanche, d'un paysan devant une étable, d'un officier de la douane en képi, un expert en cravate. Changement de sujet : la blonde de France 3 Ouest sourit d'un air mutin à son collègue et voilà les restaurateurs qui se plaignaient du mauvais temps. Interview d'un chef cuistot tout rouge sous sa toque, deux images de vacanciers et retour sur la blonde qui effectua la transition avec le sujet suivant, à savoir un petit reportage sur les îles bretonnes en période estivale. On voyait des touristes grimper la passerelle d'un ferry, deux mots du capitaine, genre vieux loup de mer en chemise blanche, puis retour sur les touristes en short avec des gosses sur les épaules et là il reçut comme une claque venue de loin, violente, imprévue : Le Cairan, en arrière-champ, là, à la télé ! Dérives d'un esprit tourmenté ou hallucinations de drogué ? Au second plan, debout contre un vélo, sur le quai, on le voyait de face… et puis le plan s'était coupé, il avait disparu.

Le borgne se dressa sur le canapé. Sur l'écran du téléviseur, la blonde de France 3 donnait maintenant la parole à son collègue sportif : c'était l'heure des coups de tatane. Mc Cash coupa la télé et joignit les services de France 3. Quand avait-on tourné le reportage sur les îles ? Avant-hier matin ? Ne plus toucher aux bandes. Avait-on gardé les rushes ? Très bien — il arrivait.

Dans les locaux de France 3, les gens paraissaient tendus à l'approche du policier. Adolescent c'était pareil : on se méfiait de lui. Ce grand escogriffe n'était pas comme tout le monde — mais bon Dieu, il ne le faisait pas exprès ! Se fondre aux autres, il ne demandait que ça : ce sont eux qui repoussent, qui mettent à l'index : les gens, toujours les gens !

Mc Cash n'avait rien digéré. Ni Nietzsche, ni le reste.

On l'amena dans une salle de montage au fond d'un couloir gris. Augurant la nuit blanche, il avait avalé une poignée d'amphétamines — se rendant compte trop tard qu'il s'agissait des mêmes que l'autre jour. Un journaliste avec une queue de cheval lui parlait, secondé par un monteur, lequel lui adressa un vague signe de la main. Enfin, les trois hommes commencèrent à visionner les rushes du journal télévisé.

Le sujet était court. Des séquences défilèrent sur l'écran : le monteur accéléra le flux d'images en actionnant ses manettes. Efficace, il retrouva vite la séquence : elle était maintenant plus longue, plus précise… Arriva le plan entrevu un peu plus tôt. La caméra resta un moment en plan fixe sur le quai. Arrêt sur image, agrandissement. Plusieurs essais. Il avait les cheveux plus courts que sur la photo mais le doute s'était mué en certitude : il s'agissait bien de Le Cairan. Il parlait avec une fille aux cheveux rouges qui ne pouvait être qu'Alice…

— Toute la séquence a été tournée sur le quai du port ? demanda-t-il dans la salle enfumée.

— Non, juste ce passage.

— Et le ferry, il effectuait quel trajet ?

— Lorient-Groix, déclara le journaliste. On a fait un sujet sur le capitaine qui prenait sa retraite…

La nuit était tombée sur l'avenue Janvier quand Mc Cash sortit des locaux. L'heure de partir en chasse. Face à Legay et ses hommes, les fugitifs n'avaient pas une chance sur mille de s'échapper. Avec lui, c'était pire. Ils pouvaient toujours courir : il était leur ligne de fuite.

15

À la gîte

— Quand même, tu pourrais venir te baigner avec moi de temps en temps, fit-elle remarquer.

Alice roulait sur le petit braquet, une serviette à l'épaule, en direction du bourg. À force de se baigner tous les matins, ses mèches rouges commençaient à déteindre. Je l'avais rejointe sur la crique, près du campement.

— Pourquoi ? Tu veux m'apprendre à nager ?

Elle cessa de pédaler pour que je vienne à sa hauteur :

— Comment ça, tu ne sais pas nager ?

— Je ne sais pas pourquoi tu me regardes comme ça, c'est pas nouveau.

— Mais tout le monde sait nager ! protesta Alice. Même les enfants !

— Ouais, ben moi je ne sais pas nager : c'est rédhibitoire, de la même façon qu'on n'aime pas le Médef ou les épinards.

Elle secoua la tête.

— C'est parce que tu n'as jamais essayé.

— Si j'ai essayé ! Le problème c'est que je nage debout.

— Comment ça tu nages debout ?

— Je nage debout.

Alice changea de braquet en amorçant la descente :

— Tu veux dire que tu marches par terre en faisant la brasse ?

— Non non, insistai-je : je nage, mais debout.

Elle ricana pour de bon.

On s'est laissé glisser jusqu'au port.

— Tiens, Co !

Émilienne, la patronne du Café du Port, appelait tout le monde « Co ». Si on n'aimait pas ça, fallait changer de bistrot.

Alice revint du kiosque à journaux au moment où Émilienne repartait avec son plateau vide et ses espadrilles. Plongée dans les pages d'informations générales du *Ouest-France*, elle ne fit même pas attention au sachet de Lipton qui flottait dans sa tasse...

— Alors ?

— Pas grand-chose de nouveau, finit-elle par dire. Des arrestations ont eu lieu dans les milieux indépendantistes mais on ne cite aucun nom. Pas les nôtres en tout cas...

Je fis la moue en évaluant le port. Près de la capitainerie, des gens s'agglutinaient : la navette du matin allait bientôt débarquer son quota de visiteurs, silhouettes encore indéfinies dans l'azur. Fifi attendait sur le quai, son vieux Lacoste et sa gueule de bois sur le dos... Bizarre tout de même cette histoire de carnet... C'était un mercredi : je lisais la rubrique « On s'en fout » de mon hebdomadaire quand Alice plaqua la main sur mon bras.

— Oh ! Fred, regarde…

Je suivis ses yeux bleus jusqu'au quai bondé. Soudain, je vis.

Non : pas maintenant. Il était là, sur le pont du ferry, avec son bandeau noir. Au milieu des gens en short, il paraissait tranquille, le monstre, tout borgne contre la rambarde… Déjà le bateau larguait les amarres. Je me levai, les ongles d'Alice toujours plantés dans mon bras.

— Tirons-nous.

On a empoigné les vélos enlacés contre le muret d'en face et commencé à zigzaguer à contresens de la petite foule qui affluait vers le port. Le cyclope avait mis le pied sur notre île. En restant ici, nous étions fichus, rétamés, il fallait déguerpir en vitesse, tant pis pour les affaires, tant pis pour tout.

— Les Grands Sables, cria-t-elle en se déhanchant. Y a toujours un mouillage là-bas !

Un mouillage. Des bateaux. Un moyen de s'en sortir.

Filant sur les accotements, on a littéralement sprinté. L'ombre de la Justice nous poursuivit jusque sur les dunes. Blanc, ocre, jaune, le sable faisait ses gammes. Plus loin, paissant au hasard, une dizaine de voiliers s'éparpillaient dans la baie.

— Bon, lequel ?

— Pourquoi pas le jaune, là-bas : l'*Écume des mers*… précisa Alice en montrant du doigt un rafiot garé en travers.

Nous envoyâmes paître les vélos dans les chardons et dévalâmes la dune jusqu'au rivage, quasi désert avec le temps maussade : un groupe de gamins, quelques mères à leurs basques, mais aucune annexe en vue.

— Il va falloir se mettre à l'eau, dit Alice, connaissant ma phobie pour la mort en apnée.

Une boule se ficha dans ma gorge. Elle abandonna ses tennis blanches et son pantalon trop grand sur le sable.

— Y a plus de cent mètres, je ne vais jamais y arriver ! protestai-je, le bateau jaune en ligne de mire : je te l'ai dit, je nage comme une outre !

— Eh bien cette fois-ci tu nageras comme une loutre : sur le dos, c'est moins fatigant. Allez en avant ! fit-elle en bourrant les K-Way dans son sac à dos. Ou plutôt en arrière !

Alice fixa le sac sur son ventre et, sans même prendre le soin de se mouiller la nuque, se jeta dans l'eau glacée.

— Fais comme moi ! cria-t-elle pour m'encourager.

J'hésitai, sceptique à l'idée d'apprendre à nager à l'envers. Sur la plage, personne ne faisait attention à nous. Alice slalomait déjà entre les nids d'algues sombres, froide et mécanique. Je me dévêtis, trempai une poignée d'orteils dans le genre liquide, étouffai un cri, puis deux, puis me laissai submerger jusqu'au cou avant de commencer à nager. Enfin je me mis à flotter, n'importe comment.

— Tu vois que tu sais nager ! lança une voix devant moi.

— Tu p…

Je bus la tasse, manquai de paniquer, pensai au flic et agitai les jambes. À force d'avancer en reculant, je m'épuisai vite. Le bateau jaune semblait bien loin et le froid me saisissait le cœur. Quelque chose m'attirait vers le fond, une force invisible qui me happait… Alice, elle, avait disparu : pataugeant à la vitesse d'une foulée d'oisillon, je ne vis bientôt plus que les clignotants du soleil sur la mer et ma peur, bien réelle. La technique n'était pas si mauvaise car, au bout d'un moment, je ne sentis plus rien, ni mon souffle ni mes bras — il y avait longtemps que mes jambes avaient sombré au fond de l'eau. Iceberg vivant dérivant jusqu'à la coque, je ne vis pas plus Alice se hisser sur le pont désert de l'*Écume des mers*.

Personne sur le monocoque voisin : elle empoigna le revolver dans son sac et courba l'échine en direction de la cabine où de chaudes effluves de vin s'épanchaient. À pas de loup, elle approcha. Agrippé aux barreaux de l'échelle, je reprenais péniblement mes esprits.

Quand je rejoignis ma complice, elle braquait le calibre .44 sur un couple de jeunes gens. Occupés à cuire des moules, ils avaient l'air surpris de cette intrusion mais pas terrorisés. Le type était un blond aux yeux rieurs, pas moche du tout malgré son pantalon retroussé sur ses mollets de grimpeur. La fille, les cheveux noirs tirés en arrière, n'avait pas l'air commode. La trentaine tous les deux.

— Qu'est-ce que vous voulez ? dit-il sans agressivité.

— Partir, répondit Alice. Sur-le-champ.

Le type regardait le revolver, calé contre son tee-shirt mouillé : saisis par le froid, deux mamelons jaillissaient. De l'autre côté du carré, la brune se ferma comme une huître.

— S'il vous plaît, ajouta Alice.

Encore haletant après ma traversée, j'observai la scène, les yeux fous. Ceux du type étaient bleus à ciel fendre.

— Vous voulez partir… maintenant ?

— Oui. C'est une question de vie ou de mort.

Cela fit son petit effet. Le matelot jeta un œil à sa compagne, toujours renfrognée sous son grand pull blanc.

— De toute façon nous comptions partir aujourd'hui, dit-il : Cécile est enceinte et nous avons rendez-vous demain pour l'échographie…

Alice, loin de se laisser attendrir par ses beaux discours natalistes, avait toujours le revolver braqué sur leur ventre préféré.

— Ne perdons pas de temps.

L'homme qui conduisait le voilier prétendait s'appeler Philippe Richard. Il avait l'air sympa comme ça, avec sa marinière délavée et son petit sourire de gosse. Elle, c'était Cécile. Rien que Cécile. Pour des plaisanciers piratés, force est de reconnaître qu'ils étaient plutôt de bonne composition. Mais il fallait faire vite. Alice insistait. Devant leurs regards inquiets, le futur père de famille remonta et demanda :

— Vous avez fait des conneries ?

Nous hochâmes la tête. Rien de grave…

— En tout cas, vous feriez mieux de ranger votre pétoire, dit-il en classant ses bouts. Des fois, ça part tout seul ce genre de joujou… Quoique celui-là ait l'air complètement mouillé…

Il jeta un regard vers l'arme que tenait Alice. Elle haussa les épaules. Enfin Philippe aida sa compagne à hisser la grand-voile. Avec son pull en laine, on ne devinait pas qu'elle était enceinte.

— On peut peut-être vous aider ?

— Non non, merci… répondit Cécile.

Sa voix était plus douce que ses yeux. Sur le rivage, toujours aucun signe du cyclope. Le ciel se dégageait maintenant en éclaircies féroces sur l'océan : l'*Écume des mers* quittait son parking aquatique. Alice extirpa les affaires trempées du sac et, ne sachant que faire du revolver, le posa sur le roof. Assis dans un coin du cockpit, je surveillais les dunes. Philippe salua un couple d'Anglais en short à carreaux qui, en retour, lui brandit une bouteille de vin. Puis il coupa le moteur. Cécile épiait le vent d'un air accusateur tandis qu'il filait vers le large. De fait, une première brise manqua d'emporter la grand-voile. Je scrutais chaque mouvement de la côte lorsque mon cœur se serra : la silhouette du flic venait de surgir sur la dune. Il était loin mais je n'avais aucun doute sur son identité.

— Aliiiiice ! soufflai-je.

Elle oublia son sac et se tourna vers le rivage. Le flic regardait dans notre direction.

— Attention, il a des jumelles !

Je tirai Alice aux pieds du barreur, qui continua de naviguer sans prêter attention à nos cabrioles. Étalée au fond du cockpit, coincée sous mon épaule, elle fronça les sourcils : le revolver était resté sur le roof, à portée de main de Cécile.

J'eus à peine le temps de comprendre que la brune s'en empara, l'œil plus sombre que jamais. On s'est regardés comme Bonnie & Clyde avant de mourir, à la merci d'une femme enceinte. Mais Cécile n'aimait pas les armes à feu : elle tendit le Smith & Wesson à son compagnon, qui l'empoigna. Nous n'avions toujours pas bougé. Le genou calé contre la barre, Philippe soupesait l'objet métallique :

— C'est un calibre .44, non ?

Le canon luisait au soleil, revenu le temps d'une éclaircie.

— Hum, concéda Alice, enchevêtrée à ses pieds.

Le blond fit une moue impressionnée, esquissa une manœuvre et nous tendit le revolver.

Coincés dans la porte de la cabine, on s'est regardés : il nous le tendait.

Je saisis l'arme et l'amenai dans notre camp. Comme on continuait de le regarder d'un air méfiant, Philippe lança :

— Vous n'allez pas rester là toute la traversée : on est loin du rivage maintenant !

Son petit rire nous encouragea à risquer un œil par-dessus la ligne de flottaison. Scrutant les dunes à la recherche du flic, on ne distinguait plus qu'un minuscule point sombre qui, soudain, disparut de l'azur…

Bizarre.

Il y eut alors un moment de flottement. Le voilier se penchait sur la mer, nous séchions à moitié nus sur le pont, un revolver plus embarrassant que rassurant sur les genoux, Groix s'éloignait et nous n'avions pas beaucoup de temps devant nous. Devions-nous toucher terre au plus vite ? Braquer carrément le bateau et partir droit vers l'inconnu, suivre la route des Açores, les alizés, joindre le Pacifique et finir nos vies aux Marquises ?

– Tu es sûr que c'était le flic de l'autre jour ? demanda Alice.

– Avec son bandeau à travers la gueule, difficile de se tromper…

Nous échangeâmes un regard contrit. Cette fois-ci, c'était la débandade : outre les K-Way et les maillots, il nous restait une liasse de billets de banque ruisselants, des livres et des carnets trempés, des cigarettes en miettes, un briquet qui refusait de montrer sa flamme, une trousse et des crayons pour dessiner l'invisible.

– On n'a même plus de chaussures, fis-je remarquer.

Consciente de notre détresse, Cécile proposa une tournée de café. Nous ne savions pas comment le flic nous avait retrouvés mais il ne faisait pas bon retourner à terre. Un plan antiterroriste avait dû se mettre en place, la côte était bouclée, les ports surveillés, toutes les issues bloquées... L'idée de passer la frontière s'avérant totalement fantasmagorique, nous optâmes pour la solution la plus improbable : retourner sur une île. Une autre île.

Le voilier cinglait vers le large.

— C'est quoi l'île la plus proche ? criai-je au capitaine. Belle-Île ?

— Oui.

— C'est là qu'on va.

Le capitaine hocha la tête en connaisseur. On apercevait déjà la côte en pointillé, comme un mirage au loin.

— Le vent est avec nous, dit-il : on peut y être dans trois ou quatre heures...

Pas d'objection. Sur ces entrefaites, Cécile sortit la tête de la cabine et, d'une tape amicale, poussa un petit chat noir sur le pont.

— Allez Minou, va prendre un peu l'air !

Après quoi elle nous tendit deux gobelets fumants avant de rejoindre son idole. Ils avaient l'air heureux. Assis sur le roof, je protégeais le chaton des embruns, perplexe à l'idée de débarquer à Belle-Île, aux questions que pourraient poser les flics...

— Et eux ? dis-je à Alice. Tu crois qu'ils pourraient nous trahir ?

Elle évalua le couple à la barre. Passant la main sous son pull, Philippe glissait une poignée de mots à l'oreille de sa compagne.

– Bah ! Ils ne savent pas qui on est… Et puis leur chat est câlin, dit-elle en se tournant vers Minou : je crois qu'on peut leur faire confiance.

La mer devenait cassante. Cécile partit réduire le foc. Je m'accrochai aux bastingages. La vie allait comme le reste : à la gîte.

16

Le bout du nez

Martial ne parlait plus. Il avait vu ce que Luis avait fait des deux jeunes. La fille d'abord, violentée, assommée, puis violée. Il avait passé un œil par les barreaux de l'escalier pendant que l'autre s'échinait, mais il n'avait pas osé intervenir. Ce type était fou, tout simplement. Un fou dangereux. Pour ça, il ne l'avait pas vu venir avec ses grands airs de matador, Luis le ténébreux, le soupe-au-lait : ce n'était qu'une brute paranoïaque. En fait de combattre le « fascisme » espagnol, il le perpétuait. Le jeune amant, déjà salement amoché, avait bien tenté de défendre sa compagne mais, coupé dans son élan, Luis lui avait littéralement démoli la tête à coups de poing américain, avec une rage meurtrière totalement incompréhensible, comme s'il savait déjà qu'il ne jouirait plus, qu'il était trop tard. De fait, quand il reprit sa besogne, la fille ne réagissait plus. Le jeune homme, lui, était mort, assis sur sa chaise.

Redescendant à pas de velours vers le salon, Martial avait manqué de s'étrangler en tâtant son pouls :

— Il… il est mort.

Luis l'avait alors regardé avec ses yeux de fou avant de répliquer, dans un rictus pour ainsi dire sans lèvres :

— Toi j'veux plus t'entendre.

Martial avait préféré reculer. Oui, ce type était fou.

De la peur plein les jambes, il avait assisté à l'exécution de la fille. Puis, l'estomac retourné, il avait nettoyé les traces de sang sur le carrelage, effacé les empreintes sur les meubles et les rambardes, roulé les corps dans les tapis trouvés à la cave et porté le tout dans le coffre de la BMW. Luis donnait des ordres brefs, tremblant, comme si la mort courait encore le long de son corps. Martial obéissait car il se sentait menacé. Ce malade pouvait lui faire n'importe quoi… Martial avait connu l'excitation des planques, l'angoisse partagée de la clandestinité mais jamais une exécution sommaire, sans autre forme de procès, ni visualisé l'appel au meurtre que lançaient ces mains noueuses en se tordant l'une contre l'autre…

À la nuit tombée, il suivit le Basque jusqu'aux moulins abandonnés de Trégana, près de la maison. Là, ils dégagèrent les gravats, jetèrent les corps au fond d'un trou, répandirent un sac entier de chaux vive et enfin recouvrirent le tout de parpaings et de planches. Déjà méconnaissables, ils seraient bientôt inidentifiables…

La fouille du pavillon n'avait pas donné grand-chose : des vêtements, quelques dessins, des papiers (notamment une série de cocottes) et un message sibyllin, trouvé plié sous les mégots d'un cendrier :

Que dirais-tu de prendre le large ?
[] seuls les anges ont des ailes
[] rien
[] TRM

Martial avait formellement reconnu l'écriture d'Alice.

Il était temps de déguerpir.

— Embarque toutes leurs affaires, trancha Luis. Je ne veux pas qu'on puisse faire le rapprochement avec toi.

Martial ne voyait pas trop où il voulait en venir. Parlait-il du double meurtre qu'il venait de commettre ou de leur collaboration forcée dans cette affaire ?

Avant de partir, Luis eut l'idée d'appuyer sur la touche bis du téléphone de la maison. Si Alice avait séjourné ici, elle pouvait avoir passé des coups de fil. Après plusieurs tentatives infructueuses, il finit par tomber sur une espèce de demeuré qui prétendait diriger une colonie de vacances.

Le Basque était patient dans sa lenteur : il lui fallut une bonne dizaine de jours pour comprendre. Alice les menait par le bout du nez.

17

L'équilibre

Il était près de cinq heures quand les plaisanciers nous débarquèrent sur la côte sauvage de Belle-Île. Même s'ils semblaient soulagés de se débarrasser de nous, on se quitta en bons termes : après un plat de moules et une solide poignée de main, Philippe, torse et pieds nus, finit par ramener son annexe vers le voilier où Cécile l'attendait. Ils repartaient illico pour Le Croisic.

Nous avions préféré le mouillage du port de Pouldon plutôt que Sauzon. En s'éloignant du rivage, je repensai à ce que Philippe avait répondu quand on lui avait demandé pourquoi il nous avait tendu le revolver plutôt que de nous garder en joue : rien. Le capitaine n'avait rien répondu mais son sourire en disait long sur son visage. Drôle de type. En tout cas, si nous avions bon espoir qu'ils ne nous dénonceraient pas aux flics, deux précautions valaient mieux qu'une : Alice et moi avions décidé de quitter Belle-Île au plus vite. La police avait nos signalements et probablement celui du voilier. Partir pour aller où ? Avec à peine mille euros en poche, nous n'irions pas loin.

Dès lors, trois solutions s'offraient à nous : trouver un bateau qui nous emmènerait à l'autre bout du monde (mais je n'étais pas chaud pour affronter les quarantièmes rugissants avec une fille qui avait fait de l'optimiste quand elle était gamine), retourner à terre (au risque de tomber sur les flics), ou filer sur une autre île.

Houat était juste en face : via Le Palais, on pouvait l'atteindre le soir même. De là, nous chercherions un moyen de joindre le Pays basque : Alice y avait de la famille, des amis, des gens susceptibles de nous aider à passer les frontières, et pourquoi pas à disparaître… Le plan ne valait pas grand-chose mais dans notre situation, nous n'avions plus vraiment le choix : c'était gérer le désespoir ou se rendre. Pour ça au moins j'étais clair : je n'étais pas de ceux qu'on enferme — plutôt crever.

Nous filâmes à travers les épineux et suivîmes le chemin de terre qui menait à la départementale. La marinière trouée du capitaine sentait la marée mais, puant moi-même sans discernement, je m'accommoderais de son paletot. Alice, plus chanceuse, avait récupéré une robe de Cécile et les vieilles Dock de son compagnon — trop larges, mais c'était toujours mieux que des pieds. Elle déambulait au milieu du chemin dans une seyante petite robe à pois, je suivais à pas comptés sur l'herbe du bas-côté ; Le Palais était à près de dix kilomètres…

Arrivé au Grand Cosquet, je demandai une chaussure à Alice, qui refusa — l'égalité des sexes, mais pas l'égalité des pieds. Dans les ruelles, les gens nous saluaient comme si nous faisions partie de la famille. Je marchais tête basse, sans un regard pour les marguerites égarées à la sortie du hameau, lorsque mon pas se bloqua devant le fossé : un doudou abandonné gisait là, couvert de crasse.

Je fixai la chose, immobile sur le bord de la route. Je ne sais pas pourquoi mais ça me donnait envie de pleurer...

— Qu'est-ce que tu fais ? lança Alice.

— J'ai mal aux pieds, rétorquai-je, déblayant mes plantes de pied truffées de cailloux.

Mais mon manège ne prit pas longtemps :

— Qu'est-ce que tu as à faire la gueule comme ça ?

— Quoi la gueule comme ça ?

— Tu fais la gueule.

— Et alors ?

— Tu ferais mieux d'aller au bout de tes idées.

— Moi aussi je suis toujours plein de bons conseils pour les autres. De toute façon je n'ai pas d'idées : rien que des sentiments. Comme une fille.

— Misogyne.

— Sexiste.

— T'es pas marrant.

— Non, je fais la gueule.

Je repris la route, la tête vide, pour éviter d'exploser. J'avais réagi comme ça à la mort de mon frère. C'était ça ou descendre les parents, et puis aussi les Viocs, dans la foulée.

Arrivés sur la départementale, Alice suggéra de faire du stop.

Des capucines dansaient dans les fossés, inconscientes. Alice marchait devant, pouce tendu. Ses mèches rouges avaient comme fondu au soleil. Nous croisâmes d'abord un type en veste à carreaux agrippé au guidon de son caddie, la gitane maïs aux lèvres, puis une voiture, qui passa en faisant un écart démesuré. Une Audi ignora superbement l'échancrure de sa petite robe à pois quand la suivante s'arrêta à une vingtaine de mètres. Nous accourûmes comme si le conducteur allait s'échapper. Bientôt, ma respiration se bloqua : il y avait un drapeau tricolore sur la plaque d'immatriculation de la Peugeot.

À l'intérieur de la voiture, un gendarme. Un gros gendarme.

Non, c'était impossible : pas maintenant. Pas comme ça. J'avançai à reculons. Peut-être qu'il nous avait reconnus, cet empaffé. Alice me tira par le bras. Le gendarme n'était pas seul à bord : deux petites têtes blondes s'agitaient sur la banquette arrière.

— Bonjour ! lança Alice par la vitre qui s'ouvrait. Vous allez où ?

— À Palais ! annonça le quadragénaire joufflu, désignant sa progéniture. Si ça vous avance, vous n'avez qu'à monter.

— Avec plaisir, minauda ma vieille copine. On en a marre de marcher. Nous aussi on va à Palais…

Le représentant de la loi ôta son képi de l'endroit où Alice poserait ses fesses et ouvrit la portière d'un air bonhomme. Je m'installai avec les sacs et les garçons à l'arrière. Ceux-là n'avaient pas douze ans mais portaient déjà une chemise pour couper des bûches et un pantalon pour aller à la guerre. Ils me regardaient bizarrement. Peut-être à cause de mes pieds nus. Le gendarme démarra.

— Alors, en vacances ?

— Oui oui ! prétendit Alice.

— Vous venez d'où ?

— De la plage d'Herlin.

— Ah ! Herlin ça fait une trotte... Vous vous êtes baignés ?

— Deux fois.

— Hou là ! Moi je me baigne plus depuis longtemps ! Elle est trop froide !

— Dites plutôt que vous ne savez plus nager.

À l'arrière, je hochai la tête : voilà que la souris jouait avec le chat.

— Hé hé ! pouffait le gendarme. Vous êtes une rigolote, vous ! Et vous vous appelez comment ?

— Audrey.

— C'est joli, dit-il, l'œil plongeant dans son décolleté.

— Oui, on l'a bien en bouche : Audrey...

Alice alimentait la conversation avec un naturel désarmant alors que le revolver reposait à ses pieds. En attendant, le gendarme semblait la trouver à son goût. Au fil des kilomètres, les gamins n'en finissant plus de glousser sur la banquette arrière, Alice finit par se tourner vers eux :

— Alors les garçons, dites-nous un peu ce qui vous fait rire comme ça ?

Le ton était idéal pour recevoir une réponse de la part d'un enfant mais, à notre plus grande surprise, les gosses s'écroulèrent alors littéralement de rire. Je tendis une moue impuissante à ma complice.

— Alors ? insista leur père en jetant un œil pardessus son épaule.

Après quelques pouffements de circonstance, l'aîné me désigna du doigt et s'esclaffa :

— On dirait le gars qui passe à la télé !

Son frère riait sous cape. Je restai un instant ébahi. La télé ? Déjà ? Depuis le rétroviseur, le gendarme m'adressa un drôle de regard. Le plus petit, celui qui rigolait de tout son appareil dentaire, s'enhardit alors :

— Ouais, on dirait Tim ! Le héros de « Viva Las Vegas » ! Il a exactement la même coupe de cheveux !

Alice sourit avec eux. Du coup, le gendarme aussi.

Je ne savais pas qui était ce connard de Tim mais une demi-heure plus tard, le représentant de la loi nous déposa sur le port du Palais en oubliant de nous arrêter pour meurtre.

*

Alice n'avait plus les cheveux rouges mais bleu nuit. Si, pressé par le temps, j'avais un peu raté sa teinture, elle par contre ne m'avait pas raté : j'avais le crâne rasé, presque chauve. En tout cas j'étais aussi méconnaissable que le Che débarquant en Bolivie. L'idée n'était pas si mauvaise puisque, après un stop au supermarché et une séance de coiffure improvisée dans les toilettes du bar Les Goélands, c'est par le ferry du soir et incognito que nous avions débarqué sur l'île de Houat.

Perché sur une dune blonde, je regardais tomber le crépuscule sur notre nouveau territoire. Ce n'était pas bien grand mais terriblement isolé... La tente montée, Alice était partie ramasser des coquillages sur la plage. Je la voyais revenir, la robe ouverte à tous les vents. Elle ne m'avait toujours pas dit comment elle s'était procuré le revolver, les raisons qui l'avait poussée à inventer pour moi un jeu aussi dangereux mais, même si elle n'en parlait pas, je me doutais que les types en BM étaient impliqués dans cette histoire. Pourquoi se taisait-elle ? Me menait-elle en bateau ? Avait-elle soigneusement prévu, voire minuté, chaque étape de notre dérive ? Et si son rôle d'illustratrice pour la revue n'était qu'une couverture, ses lettres un écran de fumée ? Il y avait quoi derrière ? Des intérêts politiques ?

Surgissant par rafales, le vent organisait des soulèvements sur la crête des dunes. Grimpée à ma hauteur, Alice me montra trois petits coquillages. Deux jaunes, un gris. Elle les glissa dans la poche de mon nouveau pantalon. Moi non plus je ne disais rien : on entendait battre les ailes des goélands. Plus bas, sur la plage, les rouleaux défilaient avec une grâce froide et méthodique...

— Tu crois qu'il y a une différence quand on dit « libre comme l'air » et « à l'air libre » ? murmura-t-elle dans la brise.

*

Contradictions et vieilles certitudes mijotant dans la même marmite, je méditai longuement avant de trouver la réponse qui conditionnerait le reste de ma foutue vie. Quatre jours. C'était peu et beaucoup à la fois. Muré dans un silence lourd de conséquences, je passais mes heures assis sur les rochers des criques, à lire et à penser. Il n'y avait pas grand choix au supermarché de Belle-Île mais j'avais fini par dégotter un recueil de Pessoa. Petit miracle qui vous tient en vie.

Seule la colère des ruelles sans porte entrait et sortait de mon âme sans savoir où aller ni où revenir sans tuer et sans mourir…

La vie des uns tient parfois à l'avis des autres.

Mais plus je me rapprochais de la solution, plus les choses me paraissaient abstraites, presque impossibles. Ce n'était pas en griffonnant quelques mots sur un bout de papier que j'allais changer le monde : le mien, par contre… Restait Alice. Elle taisait des choses qu'elle aurait dû me dire, évitait soigneusement toute allusion à la Justice (après quatre jours passés sur l'île de Houat, nous ne lisions même plus les journaux), et ses façons de faire me laissaient aujourd'hui totalement impuissant. On ne s'oppose pas à une vague, bon an mal an on s'y mêle. Car au-delà des apparences, c'est elle qui m'avait embarqué dans cette histoire, et non l'inverse ; elle m'avait comme glissé dans sa peau, entre l'épiderme et la chair, dans quelque lieu sanglant et bouillonnant où je me sentirais bien. Pour ça, je n'étais pas difficile. Mais le silence entre nous s'épaississait. D'elle, il ne me resta bientôt plus que son odeur primitive dans la tente et la désagréable sensation qu'elle épiait mon sommeil, qu'elle guettait au-dessus de moi comme si elle pouvait happer mes cauchemars et me les recracher : j'en avais même rêvé une nuit — Alice en cobra cracheur, ça valait son poids de terreur. Mais quand je me réveillai en sursaut, c'était pour constater qu'elle dormait enroulée dans son duvet, non pas à poings fermés mais la main ouverte, plantée dans la bouche entre le pouce et l'index, comme un os. Un os ou un bâillon…

Il fallut que j'achève les *Mémoires* de Lacenaire pour qu'enfin je me décide.

C'était en juillet, un 14 Juillet : un soir de révolution.

Il restait deux balles dans la trousse.

Une suffirait.

*

J'étais issu d'une famille où, avec une sorte d'acharnement génital, la benjamine avait vingt-quatre ans de moins que l'aîné — c'est-à-dire moi. Je n'aurais probablement jamais rencontré la petite si, au printemps, nos parents n'avaient trouvé la mort dans un accident de la circulation.

Les ennuis avaient véritablement commencé le jour où je m'étais retrouvé dans le bureau d'un juge avec l'avocat des grands-parents afin de statuer sur l'avenir de Mathilde. Par expérience, je savais ce qui attendait la gamine : moi aussi j'avais passé mes vacances et mes week-ends chez eux, dans leur villa de La Baule. Sous les pins il y avait « la Vioque », une espèce de caniche royal qui, lorsque son mari bougeait la main, s'agitait en se demandant où était le caillou, et « le Vioc » qui, pour m'apprendre à pisser au lit, me laissait mariner des heures dans le noir de la cave, en guise de punition.

Les parents, toujours occupés ailleurs, passaient en coup de vent le dimanche, pour les fêtes ou pour proclamer une nouvelle naissance. De toute façon, les enfants se côtoyaient peu : il en naissait un tous les quatre ou cinq ans, et comme chacun d'entre nous ne restait à La Baule que le temps de la maternelle, nous finissions éparpillés dans des pensions différentes sans presque jamais nous voir. Bien entendu, à l'annonce de leur décès, les grands-parents avaient demandé la garde de Mathilde, qui selon la coutume leur revenait de droit.

En dépit de ses cinq ans, la petite ne parlait toujours pas. Pas un mot, ou alors des bruits. Imaginer qu'elle pût un jour faire pipi au lit chez eux me faisant froid dans le dos, je m'étais attaché les services d'un avoué afin de revendiquer mon devoir de tuteur. Mais dans le bureau du juge où je plaidais seul ma cause, je voyais bien que quelque chose ne tournait pas rond ; l'avocat des grands-parents, un ténor du barreau visiblement connu du juge, expliqua ainsi que ses clients étaient encore jeunes et en forme, qu'ils avaient le temps et les moyens d'éduquer correctement l'orpheline jusqu'à sa majorité, que Mathilde les connaissait bien mieux que moi, ce frère qui jusqu'à présent avait surtout brillé par son absence, tant à la naissance que par la suite, moi dont les revenus étaient soit dit en passant ridicules, les projets de vie désespérants (*L'Ankou Magazine*...), sans parler de ma moralité douteuse : on évoqua ainsi mon passé d'asocial, mes heures de TIP pour dégradations sur la voie publique, mes procès-verbaux, mon activisme dans divers mouvements protestataires, le mystérieux financement de la revue et ma consommation régulière de stupéfiants — à l'occasion, on posa la question de savoir d'où provenait l'argent de la revue, insinuant que je dealais — moi, un marchand ! J'avais senti le vent tourner quand maître Caseneuve s'envola dans un brillant plaidoyer contre la petite délinquance et la nécessité d'un climat sain et serein pour l'éducation de l'enfant.

Avec ma veste aux poches décousues et mes ratures sur les papiers officiels, je n'avais pas une chance. De fait, le juge m'écouta poliment. Quelques semaines plus tard, il donnait la garde exclusive aux grands-parents, me laissant seul avec ma rage et un droit de visite un dimanche sur deux, de trois à cinq, soit quatre heures par mois.

Aussitôt joint au téléphone, l'avoué qui m'avait épaulé dans cette affaire me signifia que son rôle s'arrêtait à remplir les papiers administratifs, que le bureau des affaires familiales n'était pas de son ressort, qu'il me souhaitait bonne chance dans un monde guère folichon… Bref, je m'étais comporté comme un parfait imbécile dans cette histoire. Je m'étais battu du bout des crocs alors que je savais ce qui attendait la petite Mathilde. Je l'avais vue au centre social, une fois. Elle m'avait tout de suite plu avec son air renfrogné, son urticaire et ses couettes à croquer. Nous avions à peine communiqué, juste des regards et quelques mots pour lui expliquer mon point de vue sur la situation mais elle était de ma famille, pas de celle des vieux. Seulement je m'y étais pris comme un manche.

Cela ne se reproduirait plus.

Penché sur mon bic, une feuille de papier à cigarette posée sur les *Mémoires* de Lacenaire, je racontai tout à la gamine : puisqu'elle était de ma famille, elle comprendrait mes erreurs, mes fautes et mes faiblesses. L'essentiel était qu'aujourd'hui elle pouvait me faire confiance : non, je ne lâcherais pas le morceau…

Quand tout fut consigné, noir sur blanc, j'écrivis la formule magique, celle qui tuait la culpabilité dans le dos, à bout portant, pour la petite : « J'arrive. »

En une formule, je m'étais absous de mon crime.

*

Du vent montait un crachin poisseux. Je passai la langue sur mes lèvres salées et marchai jusqu'à la crique voisine, désertée à l'heure de la fête nationale. Une nuit mauve appelait ses étoiles au-dessus du port, je ne me sentais ni euphorique ni déprimé : juste moi-même.

Ça faisait longtemps…

Avec la brise du soir, les rumeurs du bal me parvenaient par bribes. Je m'arrêtai au pied de la falaise et sortis le Smith & Wesson du sac à dos. Alice partie on ne sait où, j'avais moi-même serti la douille… Vert, fuchsia, blanc, violet, les étoiles faisaient des étincelles dans le ciel. Je tendis le revolver vers les premiers éclats du feu d'artifice en priant pour que tout ne m'explose pas à la gueule, songeai une dernière fois aux Viocs, à la guerre ouverte qu'il me faudrait leur livrer pour récupérer la gamine et attendis la déflagration pour abattre une belle bleue.

La Terre basculait et j'étais l'équilibre.

18

De ses pieds

Une crotte de mouette s'écrasa sur le pont, à deux doigts d'une chaussette dépareillée. Mc Cash leva la tête et maudit le ciel qui n'y pouvait rien. Les amphétamines lui démolissaient le crâne. Bon Dieu, il le savait pourtant… Debout sur le pont du ferry qui menait à Groix, il regrettait presque d'avoir abusé.

L'Irlandais avait dormi une heure tout au plus ; qu'il fût ou non en état de mener à bien cette enquête effleurait à peine son esprit. Il connaissait son tempérament dans ces moments-là : il était capable de les écraser, ces punaises, il pouvait même les éliminer, d'une simple pression du pouce. Qu'Arbizu et Le Cairan fussent indépendantistes régionaux, terroristes internationaux ou de simples crapules lui importait peu : ils étaient comme lui, de petits humains de la pire espèce…

Il respira en grand les embruns venus du large. Sur le pont de la navette, même les gamins le regardaient de travers. Il avait oublié ses lunettes noires et se sentait complètement lessivé : ça lui avait fait la même chose le jour où sa femme était repartie. À l'époque, ce n'est pas tant qu'elle le quittait qui l'avait anéanti que le constat qu'elle le quittait pour un autre. La nuance avait la taille de la plaie.

À grand renfort de klaxon, la navette se rangea dans le port de Groix, d'une pittoresque agitation à l'heure du déjeuner. Mc Cash se frotta le visage. Sur le pont, un relent de mazout lui donna la nausée. Des dizaines d'humains attendaient sur le quai, les mains contre les hanches. Suivant le cortège des passagers, l'Irlandais débarqua sur l'île. Le soleil pourtant timide l'éblouissait, sa chemise lui collait à la peau comme son amour impossible et les effets secondaires des amphétamines le rendaient agressif. Nageant au milieu du flot de vacanciers, il agrippa la manche du barbu qui amarrait le ferry.

— Dis-moi, c'est quoi le bar de l'île ?

L'insulaire, sorte d'Iggy Pop bigoudin, eut un geste de recul en croisant le visage de l'étranger.

— Quel bar ?

— Celui où tout le monde va.

— Bah, chez Ti Beudeff ! fit-il comme si c'était évident.

— C'est où ?

Le brouhaha de la foule se faisait plus dense.

— Si vous réussissez à faire cent mètres, vous y êtes, là, dans la côte qui mène au bourg…

Le policier ne releva pas ; il avait déjà bien du mal à respirer. De volets verts en volets bleus, les maisons semblaient ouvrir les bras. Mc Cash, sa maison, il la voudrait taillée dans des pierres centenaires, seule au sommet d'une falaise où gisaient des générations de suicidés, quelque part en Écosse puisqu'il était tricard à la maison, une citadelle battue par des torrents de pluie glacée qui empêcheraient quiconque de sortir, ou alors à ses risques et périls, un manoir sur la colline, loin des siens, loin de tous… Ou alors un pavillon, pour y foutre le feu.

Délirant à plein tube, il déboutonna sa chemise, évita les bicyclettes qui dévalaient la côte et pénétra dans un bar aux murs de pierre taillée. Ti Beudeff : deux salles sombres ornées de poutres, un débit de tabac, des tables de bois, des cendriers en carton pour éviter de se les mettre sur la gueule en fin de soirée, des oripeaux bretons aux murs et des promotions de produits régionaux – bière, cidre, pommeau, chouchen… Le bistrot ouvrait à peine. Afin d'enrayer le goût de médicament assez atroce qui naviguait dans sa bouche, Mc Cash commanda un verre de blanc au jeune Celte qui rangeait les tabourets.

— Tu connais ?

Il posa deux photos sur le comptoir.

— Pourquoi, je devrais ?

— Lui c'est mon petit frère, prétendit Mc Cash. J'ai des nouvelles urgentes à lui communiquer.

— Ici faut pas être pressé, rétorqua le serveur, les oreilles criblées d'anneaux.

Le Breton, de nature, se méfiait.

— C'est important, insista-t-il sur un ton doucereux qui ne lui allait guère. La fille qui est avec lui a les cheveux rouges…

Le jeune homme rangea la bouteille de muscadet dans un frigo.

— Faudrait demander à Fifi : il boit avec tout le monde…

— Ah ouais ? Et c'est qui, ce Fifi ?

— Il bosse au bateau.

— Il est comment ?

— Barbu.

Le policier laissa la moitié de son verre de blanc, abandonna une pièce ou deux sur le comptoir et sortit d'un mauvais pas.

— Merci *Braz* ! salua le Celte tandis que le borgne cognait sa hanche contre le rebord d'une table.

Mc Cash trouva Fifi à la terrasse de chez Émilienne. Rêvassant après son travail, il lissait avec application sa barbe de Pied nickelé, la pipe aux lèvres. En guise de présentation, Mc Cash s'écroula sur la table où l'employé municipal entamait son quatrième demi-pression. Une fois rétabli, il demanda :

— Vous connaissez Frédéric et Alice ?

Le barbu releva à peine un sourcil : depuis le temps, il savait que c'était rarement les filles qui tombaient du ciel, plutôt les emmerdes.

— Dis donc, mon vieux, vous n'avez pas l'air dans votre assiette…

— Un mauvais moment à passer, rétorqua le policier.

— C'est ce que je me dis souvent.

— Fred et Alice, expulsa-t-il en économisant ses mots. Il faut absolument que je les trouve.

— Ah ouais ?

Malgré sa migraine, Mc Cash reprit son souffle ; ce type n'avait pas nié les connaître. Ils étaient donc là.

— J'ai une nouvelle importante pour Frédéric.

— Ah ouais ? continua l'autre depuis sa barbe pleine de mousse.

— Au sujet de sa petite sœur…

Mais Fifi n'avait pas quitté son île pendant quinze ans pour se faire berner par un borgne tombé du ciel.

— Eh bien on ne devrait pas tarder à les voir rappliquer : nous avons rendez-vous depuis… Il regarda sa montre : un bon quart d'heure.

— Vous savez où ils campent ?

— Non.

L'employé municipal observait l'Irlandais derrière l'épais rideau issu de sa pipe, songeur : Alice avait-elle fait une connerie ?

Mc Cash s'épongea le front d'une manchette : s'il lui avouait son activité de flic, ce type était capable de se fermer comme une huître.

— Qu'est-ce que je vous sers, Co ? demanda Émilienne, surgissant dans son dos.

Il cligna de l'œil devant les seins lourds de la patronne, penchés sur la table.

— Un café double…

Elle allait repartir quand il la retint :

— Vous devez connaître ces deux jeunes, ils traînent dans le coin…

Il tendit ses photos et rectifia :

— La fille a les cheveux rouges…

La dame acquiesça aussitôt :

— Oui oui, ils sont venus boire un verre tout à l'heure.

— Quand ça ?

— Y a pas un quart d'heure, Co ! D'ailleurs ils sont partis sans payer, les sagouins… Dites, vous êtes sûr que ça va ? Vous avez une drôle de tête.

Mc Cash persistait à réfléchir : s'ils avaient quitté sans payer le café à l'heure du rendez-vous, c'est qu'ils l'avaient vu arriver par la navette du matin. Avec son bandeau, on ne voyait que lui. Ils s'étaient croisés chez Mavel… Acculés, ils chercheraient à quitter l'île, par n'importe quel moyen. Or il n'y avait qu'un moyen de s'échapper d'ici : la mer. Et le prochain ferry pour le continent ne partait pas avant cet après-midi…

— On peut trouver une voiture ici ?

— On trouve plus facilement des vélos, répondit l'insulaire.

— Et ça, qu'est-ce que c'est ?

Sur la table, un paquet d'Amsterdamer et un jeu de clés de voiture. Une Renault. Fifi se taisait toujours.

— Prête-moi ta bagnole, fit le borgne, je te la rendrai.

L'homme recula sur sa chaise.

— J'sais pas ce qui vous amène mais ici, on n'aime pas trop les types qui se trimballent avec ce genre de joujou, rétorqua-t-il en désignant de sa pipe le calibre .38 qui apparaissait sous les pans de la veste.

— Je suis flic, siffla Mc Cash.

— J’y peux rien. Qu’est-ce que vous leur voulez, aux jeunes ?

— Pour le moment j’ai simplement besoin d’une voiture.

— La mienne est en réparation, mais vous pouvez toujours…

L’Irlandais n’avait plus envie de discuter : au prix d’un violent effort compte tenu de son état, il se jeta aux pieds de Fifi et, d’un tour de main, lui subtilisa une tong. Mastiquant sa pipe, celui-ci n’eut pas le temps de protester : de la semelle, noire de crasse, Mc Cash lui gifla violemment la joue.

— Ne m’oblige pas à être brutal, amigo ! feula-t-il.

Fifi se tenait le visage. Sa pipe était partie au loin mais sa gueule le brûlait toujours.

— Pauvre con.

L’autre s’empara des clés :

— Elle est où ta bagnole ?

Il frappa violemment le rebord de la table avec la claquette.

— Vite.

Plus qu’une menace, une question de secondes. D’un signe de tête, Fifi baragouina :

— La 4L, là, sur le quai…

Dix minutes plus tard, Mc Cash stoppait la Renault à la hauteur des Grands Sables : c’était le mouillage le plus proche, il l’avait vu depuis le ferry… Il claqua la portière rouillée et aborda le rivage dans un état second. Il reprit son souffle et grommela — son nez coulait et, à la texture, c'était du sang. Planté au sommet d'une dune, il extirpa sa chaussure gauche des sables mouvants et scruta la mer où les voiliers se dandinaient. Il passa sa main sur son visage, effaça la larme qui coulait toute seule, saisit la paire de jumelles trouvée dans la 4L, regarda dans les trous, mais le monde bougeait trop. Saletés d'amphétamines. Le goût infect de sa bouche lui donnait envie de vomir. Il nota enfin la présence d'une annexe vide contre les flancs d'un muscadet, un couple d'Anglais buvant du vin et un bateau jaune et vert quittant son mouillage…

Mc Cash chercha un instant du côté des rochers mais retourna vite vers le voilier en partance. Cette gymnastique lui donna le tournis mais il distinguait des gens, quatre personnes, sur un pont : celle qui avait les cheveux rouges tenait quelque chose dans sa main… Alice. Le .44 Special. Évidemment ils avaient braqué un bateau.

La secousse ne fut pas forte mais ses jambes se dérobèrent. Les amphétamines, le vin blanc, le café, tout remonta d'un coup : saisi de vertige il perdit l'équilibre, dégringola de son piédestal et s'écrasa sur la plage.

Une, peut-être deux minutes s'écoulèrent.

– Ça va ?

Les jambes de serin d'un gamin en short de l'Équipe de France le dominaient. Il recula tandis que le policier, un filet de bave aux lèvres, expulsait le sable fiché dans sa bouche.

Le gamin était parti quand Mc Cash rajusta son bandeau de cuir déplacé durant la chute. Une fois debout, il évalua leur avance, cette tache jaune au milieu de l'Atlantique, sans tenir compte des goélands qui tournoyaient au-dessus de lui.

*

Entre le moment où le policier tomba de son rocher sur l'île de Groix et celui où il succomba au charme discret de la climatisation de sa Renault Safrane aux puissantes émanations de tabac froid, il s'établit une longue succession de corvées parmi lesquelles reprendre ses esprits autour d'un petit déjeuner consistant (Perrier, cafés serrés, jus d'orange, tartines, œufs, bacon), rendre le tout dans les toilettes du bistrot, filer à la pharmacie de l'île, se passer d'ordonnance et avaler une poignée de pilules à la codéine, attendre à la terrasse de chez Émilienne que le premier café reste dans son estomac, trouver un téléphone, son carnet, demander l'heure de la prochaine navette pour Lorient (alerter la brigade maritime aurait mis les hommes de Basillac sur la piste et, c'était décidé depuis longtemps, il réglerait cette affaire sans les types de la DST), attendre encore, balayer l'image d'Angélique, sa femme double, prendre le bateau, éviter l'odeur de vomi propagé dans la cabine puis le mal de terre en foulant le continent, retrouver la voiture garée dans la zone industrielle qui longe le port de Lorient, ses clés, son confort de vieillard, ses papiers de Bounty collés sur les sièges et sa climatisation — une des rares choses qui en ce moment lui arracheraient la nausée d'un compliment.

Il n'avait pas roulé dix kilomètres qu'il effectua un arrêt d'urgence aux toilettes d'une aire d'autoroute. Là il toussa, plusieurs fois, à s'en arracher la voix, et vomit un peu de sa bile dans la cuvette.

Sortant livide des toilettes, il croisa son regard dans la psyché. *Mutata in lapidem.* Les yeux perpétuellement ouverts des cadavres, chez lui réduit à un œil unique : œil de l'archer qui vise, le mauvais œil… Après l'absorption d'une poignée de Tic-tac à la menthe, jugeant inutile de pourchasser un bateau jaune à travers l'Atlantique dans cet état, Mc Cash prit sa première vraie décision depuis six ans : deux jours de diète.

*

Vendredi. Tout avait changé dans l'appartement du trentième étage de la tour des Horizons. Mc Cash avait nettoyé son nid d'aigle, de fond en comble : disparus les poils de chien sur la moquette, dernières séquelles d'une liaison affectueuse et sans lendemain avec Joséphine, une prof d'économie abandonnée huit mois plus tôt au hasard d'un désaccord au sujet de la libéralisation des services. Finies les casseroles broyant du noir dans l'évier de la cuisine. Envolées les miettes de pain qui depuis le mois dernier faisaient craquer ses souliers jusque sur le carrelage de la salle de bains. Effacées les traces sordides sur la cuvette des toilettes, stigmates grossiers d'une vie où tout foutait le camp. Engloutie la fange de savon écumant dans la douche. Rassemblés les fils électriques qui pendaient des murs. À la casse le matériel défectueux depuis six ans. Translucides les baies vitrées poisseuses. Réparée la porte du frigo arrachée un soir avec l'aide d'un copain de cuite. Nettoyée la nicotine sur la *Passion selon saint Matthieu*. À la poubelle le tapis persan d'Angélique, sa première et dernière femme. Achevés à coups de marteau les clous qui, en dépassant de la commode, déchiraient si fréquemment ses chaussettes.

En deux jours de diète, Mc Cash avait fait sa petite révolution. Il avait lavé, frotté, rincé, briqué les symboles qu'il croyait tutélaires de son existence, en un mot, il venait de faire le ménage dans sa vie.

Dans cette affaire, Nietzsche l'avait un peu aidé :

Le sceptique parle :
La moitié de ta vie est passée
L'aiguille tourne, ton âme frissonne !
Longtemps déjà elle a erré,
Elle cherche et n'a pas trouvé — et la voici qui hésite ?
La moitié de ta vie est passée :
Elle fut douleur et erreur, d'heure en heure !
Que cherches-tu encore ? Pourquoi ?
— C'est justement ce que je cherche — ce que je cherche !

À l'ombre du grand homme, voilà qu'il lui poussait des envies…

*

En dépit de l'heure tardive, Gwénaëlle Magadec n'eut pas l'air surprise de voir un borgne sonner à la porte de son appartement, un magnétoscope poussiéreux dans les bras.

— Je ne vous dérange pas ?

— Heu… non, rétorqua-t-elle en resserrant sa chemise mal boutonnée : j'étais en train de réviser.

Dans l'entrebâillement de la porte, ses pieds nus retenaient Arturo, qui venait pointer ses moustaches.

— Vous avez retrouvé votre chat ?

— Oui. Pas grâce à vous, insinua-t-elle en rappelant leur dernière entrevue.

— Pourquoi vous dites ça ?

— À votre tête, j'imagine que pour vous les animaux sont rien que des pauvres cons.

— Bah ! Pas tous.

Ils sourirent un peu. Pas beaucoup. C'était un flic.

— Que puis-je pour vous ?

— J'ai retrouvé une de vos déclarations dans mon carnet : au sujet du film que Le Cairan devait vous enregistrer…

— Oui ?

— Vous avez déclaré qu'il devait vous enregistrer un film : vous vouliez dire qu'il ne l'a pas fait ?

— Effectivement. C'est pour ça qu'il m'a donné son double de clé : pour que j'aille rechercher la vidéo chez lui. J'en ai besoin pour l'agreg… C'est celui de Fred, non ? fit-elle en désignant le magnétoscope qui trônait dans ses mains.

— Oui, je viens de chez lui.

— Vous aussi vous avez ses clés ?

— Non. Vous pouvez m'aider ? Ce ne sera pas long…

— Heu… Oui, oui…

Elle ouvrit la porte de son appartement et ajouta :

— Yann n'est pas là. Pour quoi faire ?

— Visionner la cassette que Fred ne vous a pas enregistrée.

Elle le regarda, interloquée. Arturo fila devant eux, la queue basse. Des feuilles griffonnées faisaient un éventail sur la table basse du salon.

— L'agrégation ? s'enquit-il en installant la machine près de la télévision.

— Oui. Un boulot de longue haleine.

— C'est comme la noyade.

— Vous avez de ces images…

Il s'emmêla les bras dans les fils de branchement :

— Dites-moi, si vous aviez tant besoin d'enregistrer ce film, pourquoi n'avez-vous pas tout simplement emprunté son vieux magnétoscope ?

— Eh bien…

Elle réfléchit.

— Fred m'avait promis de programmer l'enregistrement afin que je récupère le film lundi, lors de mon retour : je déjeunais le dimanche midi chez mon père, dans le Morbihan… Vous voulez un café, du vin ?

Ça ne répondait toujours pas à sa question.

— Café. Avec une larme de whisky si vous en avez.

Gwénaëlle sourit jusqu'à la cuisine. Quand elle revint, les mains encombrées, Mc Cash avait fini ses branchements.

— Vous savez pourquoi Le Cairan n'a pas programmé l'enregistrement du dimanche soir ?

— Non. J'avais pourtant insisté. Je lui avais même fourni la cassette.

— Vous n'avez rien enregistré par-dessus ? demanda-t-il en sortant la fameuse cassette de son étui.

— Non, je n'ai toujours pas de magnétoscope, inspecteur, répliqua-t-elle comme s'il avait tenté de lui tendre un piège grossier. Mais si c'est pour voir un match de rugby, je vous préviens que je risque de m'endormir avant la fin, menaça-t-elle plus amicalement.

— Pas de danger. Le match dure tout le long de la cassette ?

— Je ne suis pas sûre mais en tout cas le ballon était ovale.

Elle faisait de l'esprit la belle. Ils se servirent à boire et s'installèrent devant l'écran. La proximité d'un borgne sur son canapé procurait à Gwénaëlle une expérience inédite. C'était une fille curieuse.

— Vous connaissez des ennemis à Frédéric ? demanda-t-il soudain.

— Non. Pas spécialement.

— Et la politique ?

— Quoi la politique ?

— Vous le croiriez capable de tuer quelqu'un ?

— Non. En tout cas pas un député.

— C'est-à-dire ?

— À ma connaissance, le député ne lui a rien fait.

Au-delà de son petit air provocant, Gwénaëlle Magadec semblait délivrer ses messages au compte-gouttes.

— Vous insinuez qu'il serait capable de se défendre si on l'attaquait ?

— Comme tout le monde.

— Rien de plus ?

— Rien de plus.

La Bretonne s'était renfrognée. Pourtant, il était persuadé qu'elle lui cachait quelque chose. Il faudrait peut-être utiliser une autre méthode... Il visionna le début de la cassette (il s'agissait bien de rugby), et accéléra la bande annonce du sponsor.

— Qu'est-ce que vous cherchez ?

Enfin la voix du commentateur tonna dans le salon :

— Ça, répondit le policier.

Le test-match enregistré le soir du meurtre se déroulait dans l'hémisphère Sud. Commencé à deux heures du matin, il avait dû s'achever dans la nuit... Mc Cash réfléchissait à toute allure. Voilà pourquoi Le Cairan n'avait pas prêté son magnétoscope : il comptait visionner le match le dimanche matin, chez lui, avant de programmer l'enregistrement pour Gwénaëlle et partir en vacances avec Alice... Or il ne l'avait pas fait. Pourquoi ?

Elle avait fini son thé vert.

— Ça ne vous dérange pas si je roule un joint ? demanda-t-elle au policier, alors concentré sur l'écran de télévision.

— Faites comme chez vous.

Il cherchait toujours. À ses côtés, la Bretonne faisait preuve d'une remarquable dextérité.

— On peut le partager si vous voulez ? s'enhardit-elle.

— Je suis en cure en ce moment.

— En cure de quoi ?

— C'est ce que j'aimerais savoir.

Elle passa doucement sa langue sur le collant.

— Quand vous avez regardé la vidéo pour la première fois, dit-il, vous vous souvenez si vous avez rembobiné ?

— Oui, j'ai rembobiné… Je ne comprends rien à votre histoire de vidéo, déclara Gwénaëlle revenant d'une longue apnée.

— Le Cairan n'est pas rentré chez lui dans la nuit de samedi à dimanche. J'en suis sûr, dit-il. Cette histoire d'enregistrement, ça ne colle pas. S'il ne devait pas revenir ce soir-là, il n'aurait pas enregistré le match de rugby mais votre film. Il comptait donc revenir.

— Sans doute.

Mc Cash consulta les premières pages de son carnet rouge, relut ses notes, ses listes.

— Vous avez parlé de bruits sourds au moment du meurtre, dit-il. « Peut-être des portes qu'on claque… »

— C'est vous qui l'avez dit, pas moi.

— C'était avant ou après le coup de feu ?

— Après je suppose.

— Et pourquoi pas avant ? Vous veniez de vous endormir, mais dormiez-vous vraiment ?

— J'étais fatiguée, je n'en sais rien.

Il regarda la femme assise près de lui ; ses yeux vagues lui indiquaient que l'imaginaire de la belle avait changé de cosmos. Mc Cash eut alors une idée. Une idée absurde.

— Dites-moi, je pense à quelque chose… Le code d'entrée de l'immeuble n'aurait pas changé ce week-end-là ? Je veux dire celui du meurtre ?

Gwénaëlle sortit de son coma extatique.

— Possible : il a changé dernièrement…

Elle réfléchit.

— Oui, en effet, dit-elle bientôt, le code a changé ce week-end-là puisque je l'ai utilisé pour la première fois en rentrant de chez mes parents à Vannes. J'avais pris le papier du syndic pour m'en souvenir. Je suis parfois tellement distraite…

La dernière phrase l'avait replongée dans ses rêveries.

— Attends-moi, je reviens, fit-il en la tutoyant soudain. Et surtout écoute bien…

Minuit, l'heure de la nuit. Mc Cash se tenait au milieu de la rue Duguesclin, évaluant la façade du bâtiment. Un son de cloche dans le ciel, des pavés mouillés par l'ondée du soir, personne ailleurs : il recula de deux pas sur le trottoir et planta sa semelle dans la porte d'entrée. Rebelles, les battants plièrent mais ne rompirent point. Il prit son élan et tapa de nouveau, plus violemment, plusieurs fois. Même résultat.

Mc Cash composa le code et grimpa au premier étage. Sa veste ruisselait sur le palier. Gwénaëlle Magadec ouvrit. Elle n'avait pas remis ses chaussures.

— C'était des bruits comme ça ?

Elle ne fit même pas semblant de réfléchir :

— Oui. Enfin, je n'en jurerais pas mais ça y ressemblait beaucoup : ça a duré un moment…

Elle sourit :

– Je ne devais pas dormir si profondément que ça…

Mc Cash ricana méchamment. Ainsi c'était donc ça : Le Cairan n'avait pas le nouveau code d'accès de l'immeuble.

Ses semelles grinçaient sur le parquet. Depuis la cime de ses cheveux, une goutte de pluie tomba sur sa joue. Imbibé, le cuir du bandeau avait déteint sur sa peau.

– Tu peux retirer ta veste, elle est trempée, dit-elle en passant devant lui. Et puis, ce n'est plus l'heure d'attraper des bandits…

Elle s'assit sur le canapé, déplia ses jambes sur la table basse. Le sourire malsain du policier avait changé devant ses pieds, posés comme des statues sur leur socle de bois… Nietzsche avait raison. La Magadec aussi.

Arturo, qui jusqu'à présent fermait les yeux, coinça ses pattes sous son poitrail. Mc Cash vint au chevet de cette brune aux pieds nus, qu'il caressa doucement, du bout des doigts. Les orteils étaient longs, lisses comme une pomme. Sur le sofa, Gwénaëlle ne disait rien ; elle fermait les yeux, comme son chat.

Alors il embrassa la peau diaphane au creux de sa cheville, ses phalanges douces, puis la plante magique de ses pieds…

19

T.R.M.

La petite. Depuis que j'avais trouvé une raison de vivre, les sensations les plus contradictoires s'opposaient en moi : pour un peu, je me serais senti en vacances, comme lorsque, enfant, on sort de convalescence et qu'on découvre que l'été a commencé sans nous. Les perspectives aujourd'hui étaient énormes…

C'est en rangeant l'arme dans le sac que je trouvai un papier à carreaux, plié au fond du paquet de cigarettes :

Pour qui est la dernière balle ?
[] les Viocs
[] le flic
[] moi
[] TRM

20

Trop plaisir

Une nuée de mouettes stationnaient sur les mâts des bateaux ; ça sentait la marée basse et le petit blanc sec dans le port de Houat. De volets bleus en roses trémières, Luis grimpa vers le bistrot qui dominait le site. Martial suivait.

Depuis le jour du double meurtre, il ne parlait plus. Il savait que Luis le tuerait à la première tentative de fuite et il avait vu ce qu'il avait fait de la fille. Ce n'est pas tant la mort que la souffrance qu'on redoute... Huit heures du soir. Les sept chambres de l'Hôtel des îles affichant complet jusqu'à l'année prochaine, les deux hommes traversèrent le dédale de ruelles qui constituait le bourg. Ils avaient mis une bonne dizaine de jours avant de comprendre pourquoi Alice avait appelé la colonie de vacances de l'île de Houat. Le chef scout ayant précisé au téléphone qu'aucune personne de ce nom n'avait cherché à le joindre, la piste aurait pu se perdre si un jour Luis n'avait déplié la dizaine de cocottes en papier trouvées dans le pavillon : chacune d'elle était confectionnée d'après une lettre officielle, rappel de banque ou attestation de chômage. Parmi ces papiers, une lettre du juge des affaires familiales où Le Cairan voyait son appel rejeté : il ne serait pas le tuteur de Mathilde, sa petite sœur.

La colonie de vacances. De nouveau joint au téléphone, le boy-scout avait alors confirmé la présence d'une petite Mathilde Le Cairan. Luis avait ainsi décidé de se rendre sur place, priant pour que son idée soit la bonne, et surtout qu'il n'arrive pas trop tard…

Un chien renifla les pieds du Basque tandis qu'ils passaient devant chez lui. Martial suivait toujours : Martial ne savait plus faire que ça.

Sur la place du village, des hommes préparaient les guirlandes lumineuses pour le bal du soir. Quelques vieux rentraient chez eux en poussant des brouettes. Les plus actifs jouaient aux boules, un chiffon à la main ; affaissés sur les bancs, les derniers les regardaient faire en pensant à des trucs, comme s'ils avaient perdu le cochonnet depuis longtemps. Quittant le bourg, Luis et Martial prirent la direction du nord. D'après les commerçants, c'est là que se trouvait la seule colonie de l'île, une institution privée du côté de Porh Halai, à deux kilomètres environ…

Le camp de vacances était un baraquement de pierre grise aux volets clos, cerné par un mur couvert de lierre. Pendue à la grille, une cloche, que l'Espagnol fit tinter à plusieurs reprises.

Un jeune homme à l'embonpoint prononcé accourut bientôt, affolé :

— Ne faites pas tout ce tintamarre ! Il est presque dix heures : tout le monde dort ici !

Son ton baissa au fur et à mesure qu'il approchait de la grille, puis il se tut complètement : les yeux du Basque le perçaient de part en part.

— Mathilde Le Cairan est là ?

— Eh bien, heu, oui…

— Nous sommes de la famille.

— Ah ? Eh bien, dans ce cas, il faudra repasser demain. Si vous voulez la voir. Tout le monde dort depuis longtemps…

Luis hocha la tête, visiblement satisfait. Par contre, le petit gros qui le suivait n'avait pas l'air dans son assiette.

— Bien. Nous repasserons…

Le chef scout les regarda partir, anxieux. Qu'est-ce qu'ils avaient tous après cette gamine ?

Les deux hommes empruntèrent le chemin qui menait aux dunes, estampillées camping municipal. Luis mâchait les restes de son sempiternel cure-dent, snobant le coucher de soleil sur la baie. Il ne savait pas s'il avait vu juste, si Alice et Le Cairan comptaient chercher la gamine à la colonie mais l'île de Houat était minuscule : s'ils étaient là, il les trouverait vite… Sur le chemin des dunes, ils croisèrent une famille à vélos et un poney qui agitait la frange. Les premières tentes se découpaient dans l'horizon mauve.

Une bande de jeunes hippies technoïdes qui fumaient de l'herbe devant un feu leur indiquèrent un lot de tentes à l'écart. Martial marchait tête basse dans le sable, le pas de plus en plus lourd.

La plupart des touristes étaient déjà partis au bal. Ils inspectèrent plusieurs canadiennes, vides, avant d'ouvrir le zip d'un igloo livré aux chardons. À l'intérieur, il y avait deux duvets, des boîtes de conserve, des livres, des vêtements et un cerf-volant en cours de confection. C'est en voyant les quelques mots écrits sur les rubans que le doute se mua en certitude : « Pour tes six ans, petite. »

Le Basque extirpa sa longue carcasse de la tente. Sans un regard pour Martial, il jaugea les environs d'un air de défi : ils étaient là.

*

Le feu d'artifice venait de s'achever au-dessus du port. Cloué à la buvette par une foule hétéroclite et bruyante, Martial commanda deux verres à la rousse aux cheveux en pétard qui virevoltait derrière le comptoir improvisé.

— Quatre euros s'il vous plaît ! fit la rouquine en posant deux gobelets dégoulinant de mousse.

Il s'empara des bières et retrouva bientôt Luis, accoudé tel Diogène sur un tonneau en bord de piste. Depuis son estrade, un crooner de campagne en sous-pull argenté entonnait les premiers accords d'un standard armoricain : répondant à ses imprécations, les gens se prirent par la main avant de former une farandole.

— Quatre euros, ils se font pas chier, grogna Martial en lui tendant sa bière.

Le Basque ne releva pas : il observait les petites filles qui dansaient, agrippées aux mains de leurs parents, leurs dernières dents de lait prêtes pour les étoiles.

Cachés dans l'igloo, les deux hommes avaient guetté leur retour mais ni Alice ni Fred n'étaient apparus. Peu avant minuit, alors qu'explosaient les premières gerbes du feu d'artifice, Luis avait décidé de rejoindre le bal. Martial avait suivi, guidé par la peur qui ne le quittait plus.

Ils buvaient une bière sur un tonneau à l'ombre des eucalyptus, quand tout à coup le cœur du Basque se souleva. Après un instant de stupéfaction, il cracha son cure-dent et traversa la piste, comme hypnotisé.

*

Fred parti avec le sac à dos, Alice s'était mêlée à la petite foule agglutinée sur le port dans l'attente du feu d'artifice. Elle aimait bien ça. Son copain Mavel l'emmenait en voir à mobylette, quand ils étaient gamins. Elle n'avait pas osé le rappeler depuis leur fuite : pourvu qu'il n'ait pas eu d'emmerdes avec les flics… Le bouquet final s'achevant, elle remonta vers la place publique où, galvanisé par son succès d'un soir, le chanteur-animateur de la soirée battait la mesure, chercha Fred sous les lampions, ne le trouva pas. La foule affluait devant le podium quand son regard croisa un visage, ou plutôt un objet familier : le bandeau du flic.

Non ! Il était là, de l'autre côté de la piste, de profil, une bière à la main, comme un bon père de famille. La peur la tira en arrière. Comment avait-il fait pour les retrouver ? Une main lui pinça alors violemment le bras.

— Aïe ! lâcha-t-elle dans un petit cri de surprise.

Puis elle eut un geste de repli :

— Luis !

L'homme, d'une pâleur alarmante, serrait les dents et son bras.

— Suis-moi, dit-il, loin de relâcher son étreinte.

Elle jeta un regard inquiet vers le flic, de l'autre côté de la piste. Dans son angle mort il ne les voyait pas encore mais il lui suffisait de tourner la tête pour… Tordant méchamment son poignet, Luis l'attira sous les eucalyptus.

— Tu me fais mal !

— Tais-toi !

— Mais enfin Luis, ce n'est pas la peine de…

— *Callate, hija de puta !*

Il l'avait pincée jusqu'au sang. Elle frissonna : bon Dieu, où était Fred ? ! Martial les retrouva à la sortie du bourg.

— Te voilà toi ! fit-elle en guise de bonjour.

Son frère ne répondit pas. Alice trouva qu'il avait une sale tête. Ils dévalaient maintenant la pente qui menait au port, désert après le feu d'artifice. Sous l'unique lampadaire, quelques coques de noix reposaient contre les hangars. Comme la brute lui broyait toujours le poignet, elle tenta de se dégager en douceur :

— Lâche-moi, je vais t'expliquer…

Mais Luis avait visiblement d'autres projets en tête : les yeux grands ouverts, il agitait la tête autour de lui, comme si des démons invisibles guettaient dans le noir. Le sang affluait dans son corps, il le sentait presque monter jusqu'à sa tête. Enfin, il trouva ce qu'il cherchait : un endroit clos. La cabane qui jouxtait les hangars ferait l'affaire… Sentant aussitôt le danger, Alice rua avec énergie, manquant de lui échapper : Luis l'attrapa par la bretelle de sa robe et la gifla si fort qu'elle tomba face contre terre.

– Martial !

Alice s'agrippait désespérément aux racines des fleurs tandis que l'autre la tirait par les cheveux.

Martial baissa la tête. C'était toujours pareil avec lui.

Une poignée de coquelicots s'échouèrent sous le lampadaire lorsqu'elle lâcha prise. La tenant par le scalp, Luis la traîna littéralement à l'ombre du port, vers le club nautique. Alice couinait. Tout à sa vengeance, le Basque n'écoutait plus que les palpitations de son cœur contre ses tempes. Dans la confusion, croyant apercevoir une silhouette sur le quai déserté, elle cria une dernière fois.

Du revers de la main, Luis lui démolit le nez avant de l'expédier tête la première contre la porte du cabanon.

– Sale con !

Un filet de sang coulait sur ses lèvres. Il força la serrure avec une facilité déconcertante et se retourna vers son acolyte, qui suivait à distance respectable :

— Toi, tu surveilles le port.

Martial songea à protester mais Luis venait d'enfiler son poing américain. Le spectre de Mavel, en passant au-dessus de lui, montra sa gueule sanglante. Les jambes érodées sous le poids de sa lâcheté, il le laissa jeter sa sœur dans le réduit.

Alice n'eut pas le temps de se relever. L'homme la plaqua contre le mur et enfonça l'acier du poing américain sur sa joue :

— Où est le revolver ? feula-t-il.

— J'en sais rien.

Luis ricana, pas longtemps. Le cabanon était plongé dans l'obscurité, elle sentait son haleine tout près, mélange d'ail, de rancœur et de haine. Sans coup férir, il écrasa son poing dans le ventre d'Alice. Elle étouffa un cri et partit en une longue plainte. Luis avait l'air d'apprécier : recroquevillée à ses pieds, la jeune femme psalmodiait une inquiétante berceuse... Il la saisit par la racine des cheveux, la força à se retourner et la poussa contre la coque d'un kayak. Le souffle coupé, Alice tenta de se relever mais les forces lui manquaient. Un bruit de ruban adhésif déchira l'air vicié du cabanon. Luis tira sa nuque en arrière et, d'un tour de main, appliqua le chatterton autour de sa bouche. Cette petite garce l'avait possédé l'autre nuit, il s'était laissé bâillonner en toute confiance, certain qu'elle partageait ses désirs, ses fantasmes, au lieu de quoi la traîtresse avait sournoisement profité de son immobilisation pour lui voler son arme. Ce soir, elle paierait l'humiliation, au prix fort.

— À mon tour, *hija de puta !* glapit-il.

Touchée au foie, Alice respirait à grand-peine, happant désespérément l'air qui manquait à ses poumons. Luis soufflait bruyamment dans son dos, marmonnant des jurons dans sa langue d'origine : il releva sa petite robe à pois et, d'un coup sec, arracha sa culotte. Alice cherchait encore l'oxygène quand elle sentit le sexe dur de l'Espagnol contre ses cuisses. Il la frappa alors aux reins, une fois, l'obligeant à s'incurver. Elle gémit sous son bâillon tandis qu'il écartait brutalement ses fesses.

— *Hija de puta !* siffla-t-il en crachant dessus.

Mais elle se tut. Ça lui ferait trop plaisir.

21

Terre

— Alice ?

Les drisses claquaient dans l'air du soir. Je déambulais sur le quai désert, encore troublé par le mot trouvé dans le paquet de cigarettes… Plus haut la fête battait son plein. J'avais couru jusqu'au bal où nous nous étions donné rendez-vous, mais d'elle nulle trace. Je guettai les mouvements du port, un mauvais pressentiment au creux des reins — il ne me restait plus qu'une balle, mais Alice semblait avoir toujours un coup d'avance. Il y eut un bruit en contrebas.

— Alice ? Alice, c'est toi ?

J'avais cru apercevoir une silhouette près des pontons… J'appelai de nouveau, sans obtenir de réponse. Quelqu'un venait pourtant de se glisser à l'ombre du lampadaire, je n'étais pas bigleux.

Je dévalai la petite pente et me retrouvai devant un tas de ferraille et un lot de barques alanguies dans la nuit moite. Par terre gisait une poignée de coquelicots, arrachés au terre-plein, déjà morts…

— Alice ?

Je vis enfin la silhouette qui se terrait à l'ombre du lampadaire : un homme trapu, un peu gras, qui attendait je ne sais quoi, entre la défense et l'attaque. Des cris étouffés me parvinrent alors depuis le cabanon voisin. J'avançai aussitôt vers le petit gros qui se tripotait les mains :

— Qu'est-ce que c'est que ce bordel ?

— Vous... Heu, on ne passe pas !

Mais le type semblait embarrassé. J'approchai du club nautique.

— On ne passe pas, j'ai dit ! fit-il en s'interposant. Allez, dégagez !

— Qui t'es, toi ? relançai-je.

Un gémissement se fit entendre depuis le cabanon. Celui d'une femme. Alice. Le type prit un air menaçant mais je me précipitai et lui mis mon poing dans la gueule. Il recula sous le choc, tituba tel un jouet téléguidé dévié de sa trajectoire et s'écroula dans les parterres fleuris du port.

Il faisait sombre à l'intérieur du cabanon mais mes yeux s'étaient faits à la lune : j'aperçus Alice à la lueur de la lucarne, écroulée sur la coque d'un kayak. Dans son dos, un type soufflait comme un bœuf, le pantalon sur les chevilles. La rage grimpa le long de mes cuisses, attrapa mes entrailles fumantes et ne les lâcha plus. Je braquai le Smith & Wesson sur l'homme, qui s'immobilisa aussitôt :

— Non !

En flashs aveuglants, l'espace d'une seconde, je revis la scène en entier.

Je vis la Poubelle lancée sur la quatre-voies de Saint-Malo, les kilomètres qui nous ramenaient du mariage en ce foutu samedi soir, les phares dans la nuit, la vision de la petite à la cave, tout ce qu'Alice retenait par sa seule présence près de moi, les lumières de la ville, poussières électriques en suspension, l'immeuble où j'habitais, le code d'accès qui ne fonctionnait plus, nos appels inutiles, mes ruades dans la porte d'entrée, la fenêtre du voisin qui s'ouvre, celle de Philippe Rogemoux, ses hurlements de colère, les excuses d'Alice, l'autre qui ne voulait rien savoir, comme quoi nous n'avions qu'à connaître le code, il était dans la boîte aux lettres, il fallait voir ça avec le propriétaire, le syndic, le règlement était valable pour tout le monde, y compris pour des gens comme moi, je revoyais le député qui en claquant sa fenêtre nous avait laissés à la rue, Rogemoux, notre voisin socialiste dont on apercevait le pyjama rayé derrière la vitre, je revoyais le Smith & Wesson dans la boîte à chaussures, la vitesse pour s'en emparer, le cran de sûreté déjà ôté, et, dans un de ces moments de rupture où l'équilibre vaut la chute, le canon que j'avais pointé vers la fenêtre comme dans un rêve, un mauvais rêve…

Ce n'est qu'après avoir tiré que j'avais réalisé : l'homme en pyjama venait de s'écrouler. À la fenêtre, un vide.

Je n'étais pas un tueur, pourtant j'avais tué.

Ce soir encore, dans le cabanon où Alice gémissait, l'arme pointée sur un homme, j'étais comme une mèche qui se serait allumée toute seule ou, mieux, une fusée, un de ces pétards forains qui vous explosent dans les mains : une pression du doigt et tout serait fini.

— Non ! répéta Luis en tendant une main dérisoire en direction du revolver pointé vers lui.

Sous lui, Alice ne réagissait plus. Je pressai la détente, puis me contractai : j'avais tué, pourtant je n'étais pas un tueur.

Je tirai au-dessus de sa tête.

Voilà pour le député.

Voilà pour la dernière balle.

Le jeu d'Alice était fini mais la rage toujours bien présente, onde brûlante dans mes veines : je me jetai sur l'agresseur et, d'un coup de canon, lui fissurai le haut du crâne. Les chevilles bloquées, le type encaissa sans broncher et tomba à la renverse. Je le saisis aussitôt par la ceinture du pantalon et le tirai dehors. Son dos râpa le bitume de la cale avant de s'immobiliser dans les graviers qui bordaient les bacs à fleurs. Il jurait, du sang plein les yeux, mais j'étais déjà sur lui, une poignée de cailloux à la main. Des graviers gris, coupants. Le type se débattit mais mes genoux le maintenaient solidement à terre. Des larmes de haine flottant aux paupières, je pressai les cailloux contre son visage et, comme on presse une orange, tournai, tournai, de toutes mes forces.

L'homme rua, en vain : les graviers lui labouraient la face.

Quand je me relevai, le monde paraissait normal. On n'entendait que le son des gréements dans le vent et, plus haut, la musique du bal. Le type était allongé près du parterre de fleurs et tenait son visage dans ses mains, grognant comme un sanglier à l'agonie. Je l'aurais volontiers achevé à coup de pied, mais réalisant qu'il fallait continuer à vivre, et en vitesse, je filai vers le cabanon. Là, je trouvai Alice, assise sur la coque d'un kayak de mer, un morceau de scotch marron dans les mains. Sa jolie robe était toute déchirée.

— Ça va ? lançai-je en ramassant le revolver à terre.

— Non.

Mais elle se releva toute seule, comme une grande. Je tremblais encore. Secouée, Alice reprenait à peine ses esprits.

— C'est qui ce type ?

— Un connard, répondit-elle. Je t'expliquerai. Fred, j'ai vu le flic au bal.

— Moi aussi. Tout à l'heure, à la buvette. Il faut se tirer.

Les larmes coulaient sur les joues d'Alice.

— Les kayaks, dit-elle.

— Pourquoi pas plutôt une barque, contestai-je : y en a plein le port.

— Le kayak, c'est plus rapide. Ne perdons pas de temps.

Je ravalai ma salive, passablement anxieux à l'idée de m'aventurer sur un de ces rafiots de plastique, qui plus est en pleine mer, mais ce n'était pas le moment d'ergoter : tirant les kayaks par le bout, les pagaies à la main, on a fait un vacarme du diable en dévalant la cale.

La mer était si noire que j'en avais déjà froid dans le dos.

— Tu es sûre de ton coup ?

— Allez !

Je sautai dans mon embarcation et, au prix d'une lente glissade, rétablis l'équilibre sur l'eau noire.

— C'est par où ?

— Par là ! fit-elle en désignant la nuit.

Quelque part en face, il y avait l'île de Hœdic. Une boule se ficha dans ma gorge. Une boule amère, océanique. Impossible de deviner la moindre lumière : une couche de nuit épaisse nous séparait de la terre ferme. Alice me laissa passer devant. Si la mer était minée, c'est moi qui sautais le premier…

— Dépêche-toi, le voilà ! siffla-t-elle.

J'aperçus alors la silhouette du flic sous le lampadaire. Je l'avais presque oublié celui-là… Sans plus réfléchir, je commençai à pagayer, de plus en plus vite, traversant les vaguelettes qui venaient s'échouer sur le rivage. Fuir. Muscles tendus, la nuque enfoncée dans les épaules, nous nous activâmes. La terre s'éloigna à une vitesse surprenante.

— On va où comme ça ? glapis-je.

— En face !

En face, il n'y avait rien que l'obscurité. Le courant se fit plus dense à mesure que nous flirtions avec les cailloux. Surplombés par de trop placides rochers, nous traversâmes un court chenal avant d'atteindre la pleine mer. Du flic, plus la moindre trace…

— C'est encore loin ?

— Attends au moins qu'on parte !

Près de moi, Alice avait des gestes d'une synchronisation soviétique. Je la laissai me doubler. Les fesses déjà mouillées, je zigzaguai sous la lune. La mer était d'un noir sans fond. Insidieusement, ma vieille phobie de l'eau reprenait le dessus. Alice se lança à l'assaut de l'océan qui, loin du rivage, prenait des allures singulières. Les embarcations s'élevaient lentement, puis s'enfonçaient dans les creux : trempé, je ramais, la peur entre les dents. Les vaguelettes qui tout à l'heure léchaient le bec du kayak m'éclaboussaient maintenant avec une ferveur malsaine. Je ne voulais pas céder à la panique, l'île d'Hœdic se trouvait juste en face, mais je ne la distinguais pas : le noir avait avalé le monde. C'est à peine si j'apercevais encore Alice, perdue dans la houle…

De lourds nuages sombres couraient après la lune. Le temps passa, atroce. J'essayai de penser à autre chose mais le vent du large avait soulevé la mer : les vagues se transformèrent en monstres grondants sortis tout droit de mes cauchemars. Les pires. Je pataugeais dans le kayak, l'eau dépassait déjà le niveau de mes pieds, la houle envoyait mon cœur par-dessus bord, je pagayais en vain, maintenant l'équilibre en une succession de miracles pathétiques qui n'occultaient en rien ma fin, proche, douloureuse, inéluctable. Oui, la fin venait. Plus d'échappatoire possible. Ce soir je devais payer. Même la nature se vengeait. Il suffisait de la voir. La nuit du jugement, la nuit des coupables, tout ça réuni pour moi, une exclusivité mortelle que j'avais bien méritée… Soudain, la boule fichée dans mon gosier descendit jusqu'à mes jambes : Alice avait disparu.

Je voulus crier mais ma gorge resta nouée. Un vent de panique souffla alors à la surface du globe : Alice m'abandonnait, au plus mauvais moment. Évidemment. Évidemment…

Ce ne fut bientôt plus une traversée mais un naufrage : les épaules brûlantes, je pagayais sans même oser regarder les paquets de mer qui me fonçaient dessus. L'écume giclait sur mon visage défait, l'océan grondait, crachait, soulevait l'embarcation toujours à la limite de l'équilibre. Un équilibre de dupe, puisque Poséidon réclamait mon sacrifice. Ce soir la justice frapperait, aveugle et sourde à mes supplications, implacable, brutale et juste — sans doute… Au bout de la course, je me retrouvai seul. Alice avait sombré. J'étais perdu. Toute respiration bloquée, j'attendis la mort, plusieurs fois par minute.

Alors, dans un éclair, tout devint lumineux.

Lacenaire.

Le Cairan.

Le « e » était muet.

Entre nous, plus que des correspondances : des lettres.

Un anagramme…

Des idées folles germèrent dans mon esprit. De la mauvaise graine, évidemment : Lacenaire, poète-bandit suicidé à l'échafaud de sa révolte, Lacenaire, cette excellente ordure, qui voulait faire trembler la richesse sur son trône et jusque dans ses entrailles de fer, Lacenaire prêchant au riche la religion de la crainte, puisque la religion de l'amour n'avait aucun pouvoir sur son cœur… Ma poitrine se comprima quand je réalisai ; comme lui j'expédiais mes *Mémoires* avant de payer pour toutes mes fautes commises, celles du criminel en puissance, la rage au cœur, la mort dans l'âme, nihiliste, et de la pire espèce encore, comme lui j'étais un loup prêt à tout sacrifier pour assouvir sa soif d'agression, sa vengeance et sa propre peur.

Alice courait à notre perte. À ma perte. Bien sûr, elle m'avait trahi : le revolver était un don à caractère de défi destructif, un potlatch comme on dit dans le jargon, oui, elle m'avait offert un potlatch, à moi le tueur patenté, moi que déjà enfant les gens regardaient comme un danger public, ou potentiel, bien sûr, elle connaissait ma nature profonde ! Elle m'avait mené par le bout du nez, depuis le début : Alice était capable de séduire et d'influencer ses proies afin de leur faire commettre les actes les plus répréhensibles, les plus atroces, par transfert. En m'offrant les mémoires d'un criminel, elle avait prévu l'inéluctable : je tuerai.

Ce soir, la mort me punissait.

Naufragé dérivant dans la tourmente, la nuit m'engloutit pour de bon.

Alors, en pleine phobie délirante, une voix déchira la houle.

— Fred !

Masse sombre dans la nuit agonisante, l'île d'Hœdic apparut, toute proche. Terre, terre…

22

Une grande bouffée d'herbe pure

Jusqu'à présent, la seule preuve dont disposait la police concernant la culpabilité de Frédéric Le Cairan et d'Alice Arbizu se trouvait dans la poche de la veste du lieutenant Mc Cash : le carnet-mode d'emploi du revolver trouvé dans la maison de Locmaria-Plouzané, chez un type qui avait depuis disparu de la circulation.

Le préfet, la DST, tous avaient misé sur la piste terroriste. Seulement Le Cairan n'était pas un indépendantiste manipulé par les idéologies d'une époque où l'on croyait à une révolution collective. L'Irlandais, connaisseur, n'avait jamais cru à l'activisme : une personne qui s'apprête à commettre un attentat ne se rend pas à un mariage avec son complice (Augier, enfin joint au téléphone, avait certifié leur présence), pas plus qu'il ne prend le risque d'ameuter tout le quartier en donnant des coups de pied dans la porte de l'immeuble où réside sa victime... Plutôt que de chercher à savoir comment Alice s'était procuré l'arme du crime, le degré d'influence qu'elle exerçait sur Fred ou les motivations qui avaient poussé deux agitateurs provinciaux sans envergure à tuer un député de la République, Mc Cash se demandait toujours pourquoi Le Cairan n'avait pas eu le code d'accès de l'immeuble. Il y pensait depuis la seconde où il s'était réveillé.

Gwénaëlle, qui dormait encore, Arturo lové sur l'arête blanche du drap (ses reins, probablement), lui avait assuré que le papier du syndic avait été distribué dans les boîtes aux lettres... Le chat déguerpit au premier geste du policier, qui s'assit sur le rebord du lit. Réveillée par le brusque départ de l'animal, Gwénaëlle ouvrit un œil, puis deux. Ils avaient pas mal bu la veille. Ce matin, elle se sentait un peu vaseuse et le grand escogriffe avec qui elle avait fait l'amour dans le salon la regardait, renfrogné, presque agacé.

— Plutôt que de faire cette gueule, va donc préparer le petit déjeuner, dit-elle. Il y a tout ce qu'il faut à la cuisine, même du Nesquik.

Mc Cash consentit à ricaner. Deux minutes plus tard, bourrant l'arabica dans la cafetière d'aluminium, il cria à la femme qui se douchait la porte grande ouverte :

— Tu n'as toujours aucune idée de l'endroit où je pourrais trouver Fred ?

— Dis donc, tu t'arrêtes des fois ? ! Je t'ai dit non, c'est non !

— Et Alice Arbizu, tu connais ?

— Non !

L'eau de la douche stoppa net. Il barbouilla un peu de beurre sur des tranches de pain grillé.

Gwénaëlle passa ses longs cheveux mouillés par la porte de la cuisine :

— C'est prêt ?

Dans un coup de vent, elle disparut vers sa chambre.

Mc Cash posa le plateau sur la table du salon. Arturo, qui trônait sur le siège du canapé, bondit sur le tapis marocain. Gwénaëlle réapparut, vêtue d'un pantalon moulant, un chemisier rouge sang sur les épaules.

— Bon appétit, annonça-t-elle en se jetant sur le thé à l'orange et les tartines.

Pas lavé dans son pantalon du lundi, Mc Cash baragouina avant de prendre son café.

— Et ses grands-parents, à Fred, tu les connais ?

— Sympa le petit déjeuner avec toi, répondit-elle. Non, je ne les connais pas : Fred ne m'en a jamais parlé. Du reste de sa famille non plus d'ailleurs…

Gwénaëlle ne dit rien de plus : ses silences étaient efficaces. L'homme releva un œil, au diapason du liquide qu'il buvait. C'était fini le temps des galipettes et des mots gentils dans le creux de l'oreille.

— La vieille du deuxième m'a dit que Le Cairan et son voisin de palier, un certain Cherroui, passaient leur temps à s'engueuler. Tu en penses quoi ?

— Qu'il est chiant avec son van.

— Qui ça, Cherroui ?

— Oui.

— Pourquoi ?

— Oh ! fit-elle d'un air agacé, de stupides histoires de voisinage… Dis donc, si c'est pour obtenir des informations que tu as couché avec moi, tu peux rentrer tout de suite chez toi.

Gwénaëlle ne rigolait qu'à moitié. Lui pas du tout : il éprouvait une curieuse intuition. Elles le trompaient rarement…

Sortant de chez Magadec, il consulta les plaintes dans le commissariat du quartier et constata que plusieurs procès-verbaux avaient été enregistrés ces derniers mois entre Le Cairan et Cherroui : manifestement, ce dernier supportait mal de voir son voisin de palier garer sa voiture dans le bout de parking situé près de son magasin d'informatique — emplacement qui, Mc Cash le vérifia au cadastre, appartenait à la ville : d'où heurts multiples entre les deux hommes, notamment la semaine qui avait précédé le meurtre… Il passa au syndic de l'immeuble : quand on lui apprit que le code d'entrée avait changé le samedi en question à partir de vingt heures et que les résidents avaient été prévenus par courrier, l'Irlandais commença à sentir le mauvais coup.

Les cloches de la cathédrale sonnaient midi quand il se rendit chez Rachid Cherroui. En dépit de ses origines maghrébines, l'homme lui fit tout de suite mauvaise impression. Féru d'informatique, il se levait à peine après sa nuit passée devant des jeux vidéo.

— C'est pour quoi ? dit-il par l'embrasure de la porte.

La mine défaite dans un tee-shirt Coca-Cola et un pantalon de survêtement, Rachid Cherroui n'était pas de bon poil. Il n'aimait pas les flics, celui-là moins que tout autre.

— Quelques questions à vous poser.

— Je me réveille : passez plus tard.

Cherroui s'apprêtait à fermer la porte lorsqu'une chaussure l'en empêcha.

— Je n'ai pas beaucoup de temps. Laissez-moi entrer deux minutes, insista Mc Cash en faisant preuve d'une diplomatie qu'il ne se connaissait pas.

— Vous avez un mandat ?

Mc Cash écrasa sa semelle dans la porte d'entrée qui, rasant le front de l'homme, rebondit contre le mur du couloir.

— Y a pas de mandat en France, siffla-t-il en lui attrapant l'oreille. Maintenant tu arrêtes ton cirque et tu vas me raconter ce qui s'est passé la nuit du meurtre…

Du talon, le policier claqua la porte et entraîna Rachid Cherroui jusqu'à la fenêtre du séjour sans tenir compte de ses droits :

— Alors ? hurla-t-il. Tu étais où quand Le Cairan a cogné contre la porte de l'immeuble ?

— Mais…

— Où ? !

Il lui tordit l'oreille avec férocité.

— Je me plaindrai auprès de vos supérieurs ! menaça-t-il.

Après une ultime torsion, le policier lâcha prise.

— Tu ne feras rien du tout…

Cherroui cessa subitement de geindre. Le borgne se rapprocha de lui, qui recula d'un pas :

— Tu ne feras rien du tout parce que tu as menti, Cherroui : il ne faut jamais me mentir. Jamais. Je déteste ça.

L'haleine du policier glissa sur son visage pâle.

— Je vais te dire ce que tu as fait, ce que tu as fait tout seul, avec ta petite tête : tu as subtilisé le papier du syndic dans la boîte aux lettres de Frédéric Le Cairan alors qu'il était absent, ce papier qui prévenait les locataires du changement de code d'entrée à compter du samedi 27, jour du meurtre. Ne bénéficiant plus de l'accès libre en journée, Le Cairan a donc trouvé la porte de son immeuble fermée quand il a voulu rentrer chez lui cette nuit-là. Pourquoi tu as fait ça ? Tu veux que je te le dise ? Pour l'emmerder. Oui monsieur : pour l'emmerder !

Articulant alors chaque syllabe, Mc Cash criait presque :

— Parce-que-tu-es-un-petit-connard-de-propriétaire et que ton locataire de voisin squattait le parking gratuit d'à côté, celui où tu as l'habitude de garer ton van, en face de ta boutique d'informatique, et que tu as décidé que c'était *toi*, le propriétaire de ce précieux parking, hein ?

Cherroui ne contestait pas.

*

Ciel bas et vents tourbillonnants. La *Passion selon saint Matthieu* résonnait dans la Safrane lancée à vive allure sur la nationale. Au volant, Mc Cash se sentait presque bien : cette nuit il avait fait l'amour avec une inconnue dont hormis le nom, Gwénaëlle Magadec, il ne savait rien. La fille du premier cultivait ses petits secrets comme d'autres leur vigne ou leur maladie. Sur le pas de la porte, personne n'avait parlé de se revoir : le goût de la première fois suffisait à alimenter leur désir et Gwénaëlle savait qu'il valait mieux se tenir éloignée de ce type de personnage sous peine de douleurs longues et réciproques…

La diète l'avait rendu lucide. Aujourd'hui, le borgne se rendait compte qu'il avait tout fait de travers dans sa vie, ou à moitié : il était temps de changer.

Concernant l'affaire du député, il avait pris la température au commissariat. Le Cairan n'était pour le moment qu'une des multiples pistes suivies par la DST. L'abandon de la 504 ne constituait en rien une preuve mais elle attisait les soupçons — raison pour laquelle Tuvier et Orsillard avaient interrogé le vieux Filoc'h. En parallèle, Mc Cash s'était fait parvenir un petit dossier sur le frère d'Alice : Martial Arbizu. Drôle de personnage… Comme Mavel, lui non plus n'avait toujours pas regagné son domicile. Traînait-il avec sa sœur ? À part lui, Mc Cash, personne n'était au courant de leur escapade à Groix : Fred et Alice avaient probablement débarqué quelque part sur le continent, à pied, du côté de Lorient, au risque de tomber dans la souricière de Legay et Basillac. Avec l'intention d'aller où ? Se sentaient-ils traqués ou au contraire avaient-ils soigneusement balisé leur fuite ? Les recherches concernant un voilier jaune et vert naviguant le long de la côte sud n'avaient rien donné mais ils étaient là, quelque part, poursuivant leur lente dérive, loin des aéroports et des villes. Mc Cash en était sûr. Avec le temps, il commençait à connaître ses proies, il pouvait presque les sentir. Et puis, il repensait au cerf-volant trouvé dans la 504 : « Pour tes six ans, petite… »

Située à l'entrée de La Baule, dans les lotissements huppés, la maison familiale prenait le frais sous les pins de la station balnéaire : Mc Cash claqua la portière et se dirigea vers le portail. Fermé.

Un coup d'œil vers l'allée lui indiqua qu'une Renault Espace stationnait devant le garage. Il pressa la sonnette. Jeta un regard sur le jardin. Pas de gamine à l'horizon. Les volets qu'il apercevait depuis le trottoir couvert d'épines étaient tous clos. Il sonna de nouveau, entendit quelques bruits. Enfin, une voix d'homme lança derrière la haie :

— Qu'est-ce que c'est ?

— Police. C'est au sujet de votre petit-fils, Frédéric…

Henry Bénouville apparut devant le petit portail de bois blanc. Un rat aveugle trépignait à ses pieds. Peut-être un chien.

— Ah ! Lieutenant Mc Cash ! s'exclama-t-il en reconnaissant son bandeau. Qu'est-ce qui vous amène ? Vous avez du nouveau ? Entrez, je vous en prie !

Il s'empressa d'ouvrir le portail. Mc Cash n'avait rien bu, rien avalé d'illicite, mais un étrange sentiment le parcourut tandis qu'il marchait jusqu'à la terrasse d'une propriété à l'architecture très années soixante-dix.

— Qu'est-ce que c'est ? fit une voix de femme.

— La police, figure-toi ! répondit Bénouville. C'est au sujet de Frédéric !

— Oooooh !

La sexagénaire qui faisait des mots fléchés sur la table de jardin avait une voix d'oie malade. Les joues rouges, potelées, sur de courts cheveux raides, ses yeux étaient globuleux, presque idiots. Elle se leva aussitôt, boudinée dans un maillot de bain à fleurs qui rappelait la toile cirée :

— Je vous en prie, asseyez-vous ! dit-elle en le priant d'un geste. Une orangeade inspecteur ?

— Non. Merci.

— Alors, vous avez retrouvé Frédéric ? s'enquit Bénouville.

— Pas encore, mais je le cherche…

Le policier observa les persiennes de la maison :

— La petite Mathilde n'est pas là ?

— Heu… non, non.

— Vous avez obtenu sa garde, n'est-ce pas ?

— Oui, depuis la fin du mois de juin, rétorqua-t-il. Ça a été une tellement bonne nouvelle pour nous, inspecteur, si vous saviez ! N'est-ce pas Marie-Jeanne ?

— Oh ! Oui !

Marie-Jeanne, hein…

— Fin juin, vous dites ?

— Oui oui ! Le 26 ! s'enflamma la mamie, servant quand même l'orangeade. Si on s'en souvient ! Ça a été une de ces fêtes !

Les volets de l'étage étaient fermés. Ceux du bas aussi, excepté les fenêtres de la cuisine…

— Et là, elle est où, Mathilde ? Dans sa chambre ?

— Non : elle est partie en colonie de vacances. Une institution privée tout ce qu'il y a de bien ; et puis pour eux, l'été, c'est mieux.

— Ah bon ?

Mc Cash n'y connaissait rien en gamins. Seulement il était passé à l'état civil.

— Je pensais la trouver chez vous, dit-il. C'est demain son anniversaire, non ?

La dame n'eut pas le temps de s'esclaffer.

— Vous savez, à la longue, les enfants s'ennuient avec des vieux comme nous ! sourit Bénouville en patriarche compréhensif. On n'allait pas couper ses vacances pour une petite fête que nous remettrons à plus tard…

Le borgne opina du chef. Il y eut un silence gêné.

— Vous ne voulez pas de votre orangeade ? demanda la dame depuis son bout de toile cirée.

— Je vous ai dit non, merci.

— Papy ! cria-t-elle dans son maillot. Va donc chercher du vin à monsieur l'inspecteur ! Tu vois bien qu'il n'aime pas l'orangeade !

Mc Cash avait presque envie de rire, pourtant quelque chose l'en empêchait.

— Ne bougez pas, relança Bénouville, je vais vous en chercher à la cave...

Il s'enfuit prestement, laissant le policier seul avec madame. Comme Marie-Jeanne souriait, béate, il se réfugia dans son carnet. Le 26. La veille du crime... Elle reprit son monologue là où elle l'avait laissé :

— Vous savez, monsieur l'inspecteur, mon mari a raison : Mathide est mieux à la colonie qu'ici ! L'été, il y a un monde fou à La Baule, et nous sommes très occupés en ce moment avec les travaux que nous avons entrepris à l'étage. Et puis, nous lui avons envoyé un petit cadeau.

Elle tenta un sourire espiègle.

— Quelle colonie de vacances ?

— Celle de Houat, répondit-elle. Une petite île charmante : c'est l'idéal pour les enfants...

Bénouville revenait de la cave, une bouteille à la main.

— On peut savoir pour quel motif vous recherchez Mathilde ? demanda-t-il doucement.

— Non.

Interloqué, l'homme posa le bourgogne sur la table.

— C'est Frédéric qui est dangereux, reprit-il en cachant mal sa nervosité, pas Mathilde : vous avez vu l'attestation du docteur Hardy ?

— Oui, je l'ai vue. C'est votre médecin de famille, n'est-ce pas ?

— Oui, oui... Pourquoi dites-vous ça ?

— Pourquoi ne pas avoir laissé la garde de Mathilde à votre petit-fils ?

— Je vous l'ai dit, c'est un incapable ! répliqua Bénouville. Un vaurien qui refuse de travailler. Tout de même, monsieur l'inspecteur, on ne peut pas éduquer proprement une enfant sans un minimum ! Frédéric ne fait même pas cet effort !

Deux plaques rouges venaient de faire irruption sur ses joues et son cou. Un voile translucide couvrait son regard.

— Papy ! Sers donc monsieur l'inspecteur ! Tu vois bien que son verre est vide ! s'offusqua la dame.

— Oui, excusez-moi, se reprit-il. J'espère que vous aimez le bourgogne ?

Il approcha le goulot.

— J'en suis féru, singea Mc Cash.

— Ah ! se détendit l'autre, vous êtes un connaisseur, vous !

— Ah ! bah, pour ça, avec mon mari vous tombez bien ! embraya Marie-Jeanne. C'est un grand amateur de vin, vous savez ! Ah ! sa cave, sa cave ! Il n'y en a que pour sa cave ! Il y passe tout son temps !

Mc Cash mit une première gorgée en bouche, fronça les sourcils, l'avala quand même. Puis il posa son verre et évalua la bouteille de bourgogne. Un morgon 88.

Il fut alors saisi d'un doute. D'un effroyable doute.

*

— C'est qui Mathilde Le Cairan ?

Le costume trempé après sa traversée en Zodiac, Mc Cash avait parcouru le bourg de Houat comme un spectre. Le teint livide, une seule idée en tête, il avait filé jusqu'au camp de vacances tout au bout de l'île. Ses pieds peinaient sur le sable meuble ; ce soir, ses cinquante ans pesaient des tonnes. Trois jours sans dope. Une sacrée cure.

— La petite en bout de table, répondit le directeur de la colonie, sorte de boy-scout mal dégrossi portant culottes courtes, foulard et chaussettes en laine.

— Personne n'a cherché à la contacter ces jours-ci ?

— Heu… non. Enfin, si, j'ai reçu plusieurs coups de fil…

— Qui ça ?

— Des gens de sa famille.

— Ses grands-parents ?

— Heu, non : eux je les connais, ils sont venus ici pour amener la petite il y a une dizaine de jours.

— Alors qui ?

— Je ne sais pas, ils ne se sont pas présentés. Mais j'ai reçu un colis pour elle de la part de ses grands-parents. Demain c'est son anniversaire…

Mc Cash secoua sa tête mal peignée. Une Barbie sans doute.

— Hum…

Les joues grasses du type tremblaient dans le pas du policier qui traversait le réfectoire sous le regard impressionné des enfants. Apercevant les couettes brunes d'une gamine en bout de table, il se retourna vers le boy-scout qui lui collait au train.

— J'ai plus besoin de toi.

Le jeune homme stoppa net, soudain gauche dans son grand short marine et sa chemise criblée d'écussons :

— Oui, bien sûr, inspecteur... Mais vous savez, heu, elle ne parle pas, cette petite...

Le borgne le rabroua :

— Ça ne parle pas, à six ans ? fit-il en parlant des enfants.

— Ben, heu, si, normalement : enfin, ça dépend des enfants...

Le vieil adolescent se retira et, comme les gamins s'agitaient en pouffant au-dessus de leur purée, réclama le silence, aussitôt respecté.

C'était une jolie salle en pierre, avec des poutres sombres et des vitraux pour filtrer la lumière. Les gosses paraissaient agités — un pirate agrémentait leur repas. Quant à Mathilde, visiblement, elle n'aimait pas beaucoup la saucisse. La purée, ça allait encore — elle avait peut-être mangé deux bouchées.

— Tiens, viens avec moi, toi... lâcha-t-il.

L'enfant descendit tant bien que mal de son banc et suivit tête basse les pas du géant sous les chuchotements de ses comparses. Surveillant du coin de l'œil ses couettes qui dodelinaient, Mc Cash referma la porte derrière eux. La pièce adjacente faisait office de bureau vide. Ici, ils seraient tranquilles.

Il se planta devant Mathilde, une brunette peu expressive au regard déjà grave. Ses joues rondes étaient couvertes d'urticaire et lui ne savait pas trop comment s'y prendre. Il avait fait parler des suspects récalcitrants, des dealers, des tueurs, des petites frappes, mais jamais de gosse de six ans.

Depuis son détour par La Baule, Mc Cash avait un soupçon. Un terrible soupçon. C'est la bouteille de morgon qui lui avait mis la puce à l'oreille : grand œnologue selon les dires de sa femme, Bénouville lui avait servi un bourgogne lors de sa visite impromptue. Un morgon 88. Proprement imbuvable. Sur le chapitre, Mc Cash connaissait ses classiques : le morgon ne vieillit pas plus de sept ou huit ans. Or, celui de Bénouville en avait déjà plus de quinze.

Ce type « passait son temps à la cave » mais n'y connaissait rien en vin. Qu'y faisait-il donc ?

– Tes grands-parents t'ont amenée ici ? dit-il en s'agenouillant devant la petite fille.

Elle pinça ses lèvres, intimidée.

– Tu t'y plais ? Non ? Oui ? Non ? Dis-moi Mathilde (il l'empoigna doucement par le bras), il faut que je te parle. C'est important. Une chose sérieuse. Il faut que tu me dises la vérité…

La gamine n'en menait pas large. Le bandeau avait l'air de drôlement l'impressionner.

– Dis-moi, tu préfères être là ou chez tes grands-parents ?

Comme elle baissait la tête, boudeuse, il insista :

– Tu aimes bien aller chez tes grands-parents ?

Mathilde se gratta les mains, déjà rougies.

— Tu n'aimes pas aller chez tes grands-parents ? Pourquoi ?

Le menton de la petite commençait à trépider. Il enfonça le clou :

— Pourquoi tu n'aimes pas aller chez tes grands-parents ? Dis-moi. Pourquoi ? C'est à cause de la cave ?

La petite fille le regarda alors avec un air qui n'allait pas du tout à une enfant de son âge.

— Dis-moi, Mathilde, c'est à cause de la cave ? Il t'arrive d'y aller ?

Ses joues rougirent sous l'urticaire. Mc Cash ne connaissait pas les enfants mais il savait traquer la peur dans les yeux des hommes. Même des petits. Elle recula d'un pas, le menton tout tremblant, et grimaça en silence sous ses couettes.

— Tu vas souvent à la cave ? fit-il en modérant sa voix. Dis-moi, Mathilde…

N'y tenant plus, la gamine fondit alors littéralement en larmes : son visage rond se désarticulait, ses yeux se fissuraient mais ses pleurs restaient désespérément muets.

*

Quelques pétards s'élevèrent dans le ciel, encore minoritaires face aux étoiles. Arrimé au comptoir de la buvette, un gobelet de bière à la main, Mc Cash buvait depuis une heure. Peut-être deux — sa Swatch avait pris l'eau dans le Zodiac. L'idée d'attendre les tueurs au bal du 14 Juillet lui avait déjà coûté trente euros. Ou le double. L'Irlandais buvait sans s'en apercevoir. Ce qu'il venait de vivre l'avait secoué. Pauvre gamine… Quant aux tueurs, il ne savait pas s'ils étaient là mais il les connaissait : ils finiraient par se montrer, aujourd'hui ou demain, pour l'anniversaire de Mathilde.

Sur le podium, le vieux chanteur au sous-pull brillant achevait sa musette à petits coups d'accordéon. Plus haut, un arc-en-ciel pyrotechnique s'éparpillait sur la mer — le bouquet final. Croyant peut-être passer inaperçu parmi la foule, le borgne avait d'abord troqué son bandeau pour une paire de lunettes noires, mais la nuit tombant il n'y vit bientôt plus rien, de telle sorte qu'il préféra le remettre plutôt que de s'exposer aux regards des autres.

Forcément, le monde entier aurait vu qu'il avait une prothèse, un œil de verre comme on dit quand on en a deux vrais, cet œil mort qui vous fixait. Sa peur sans bandeau : que la prothèse se déplace sans qu'il s'en aperçoive. Ah ! pour ça, il aurait l'air malin avec son œil normal et son œil qui louche ! Ah ! ça devait faire un drôle d'effet, hein ?

Après un bref et lénifiant discours sur la Bretagne authentique, le crooner armoricain entonna un air qui sentait le succès de la soirée. Mc Cash allait recommander quand son regard se ficha sur le visage d'un homme qui, en se faufilant, avait renversé un peu de bière sur la manche de sa veste. Il le vit s'éloigner vers les tonneaux, en dehors de la piste, persuadé de l'avoir croisé quelque part… Sur la petite place publique, les gens gesticulaient dans une farandole improvisée. Une fillette souriant de tout son appareil dentaire passa devant lui, puis une grosse femme aux mollets pour ainsi dire sans chevilles... Enfin, il se souvint du visage du type croisé tout à l'heure : c'était dans le dossier du Pays basque. Martial Arbizu.

Il chercha nerveusement parmi les noceurs mais ne le trouva pas.

— Vous savez où est parti le petit gros qui buvait une bière ici ? lança-t-il aux jeunes grimpés sur les tonneaux.

Une petite à couettes orange rétorqua :

— Avec un grand sec ? Par là, dit-elle, avec une fille...

Abandonnant bal, bière et jeunes filles en fleur, Mc Cash fila vers le port.

Quand il arriva, le quai était désert. Plus loin sous la lune, deux petites taches se mouvaient sur la mer. Des kayaks... Il courut jusqu'au phare et observa un moment leur déplacement jusqu'à ce qu'ils disparaissent, engloutis par la nuit... Avec le temps qu'il faisait, ils ne prendraient pas le risque de passer « la teignouse », ses cailloux et ses courants, pour rejoindre le continent... Non : ils filaient droit devant, sur l'île d'en face. Hœdic.

Mc Cash reprenait son souffle avec peine. Cinquante ans, bon Dieu, ça passait vite... Mais ce soir, le vent du large lui faisait comme une grande bouffée d'herbe pure.

23

Comme les coquelicots

Les kayaks crissèrent sur le sable. L'air de la mer nous avait glacé les os mais nous accostions, vivants, sur le bout de terre vierge. Miracle. Un parfait miracle... Je tirai mon embarcation sur le sec.

— J'ai cru qu'on n'y arriverait jamais...

Encore sous le choc, je fis quelques pas sur la petite crique. J'avais vaincu ma vieille phobie, mon appréhension irraisonnée de la mort en apnée : incroyable... Alice, que j'avais crue morte mille fois, était là, près de moi, ruisselante, plus vivante que jamais. L'océan coulait à nos pieds, la terre était là, bien dure, avec ses cailloux, sa faune, tout ce qui constituait la vie. On distinguait même le poste de sauvetage, masse noire sur la droite...

— On est arrivés, dit-elle seulement.

Alice avait un drôle d'air. La nuit mangeait son visage mais je devinais ses pupilles dilatées sous la lune. Au début, je n'ai pas prêté attention à ses insinuations : c'est en voyant son sac à dos glisser le long de ses jambes que ma peau s'est contractée. Je voulus approcher mais un geste d'elle me repoussa.

— Alors Fred : cette dernière balle…

Sa voix tomba sur moi comme une stèle. Je sentis le danger, entre elle et moi.

— À quoi tu joues ? dis-je.

Elle venait de prendre le revolver.

— Au con.

— Tu fais chier avec ta rhétorique.

— Tu fais chier avec tes questions.

Alice me regardait, belle et froide dans sa robe déchirée, le Smith & Wesson à la main. La colère me faisait trembler :

— Dis, tu crois pas qu'on a autre chose à faire ?

Elle regarda l'arme dans ses mains, puis l'obscurité alentour :

— Que veux-tu faire d'autre ici ?

Le ton était provocateur, ses manières trop tranquilles. Ça sentait le coup fourré, à plein nez. Des nuages améthyste drapaient la lune mais je la sentais proche, électrique, prête à tout.

— Il reste une balle, Fred : la dernière…

— Quelle balle ? Je les ai toutes tirées.

— À l'origine, il y en avait six, rectifia-t-elle. Tu n'en as tiré que cinq, il en manque donc une… Celle-là, ajouta-t-elle, brandissant une balle flambant neuve.

Bon Dieu, d'où elle la sortait celle-là ?

En guise de réponse, Alice fit basculer le barillet.

— Qu'est-ce que tu fais ? Putain, faut se tirer d'ici !

Inclinant la tête, elle nicha la dernière balle dans son logement et dit, parfaitement lugubre :

— Non, Fred, non : en ce qui me concerne, l'histoire s'arrête ici…

Je restai muet : elle me tendit la crosse du revolver. Pire, elle me l'imposa.

Son air de ne pas y toucher aurait dû m'alerter depuis longtemps. Entre nous pas de destin, rien que des enjeux. La règle était pourtant claire. Ce soir je ne pouvais plus reculer, acculé sur ce bout de plage, acculé l'un à l'autre. Nos lettres, la collaboration à la revue, tout ça n'était qu'un écran de fumée. Ce soir serait le Grand Soir. L'écume léchait nos pieds, nous nous tenions face à face ; le .44 Special pesait des tonnes dans ma main et je refusais de comprendre. En bloc.

Alors Alice laissa tomber sa robe sur ses chevilles. Je reculai, la main rivée sur la crosse du gros Smith & Wesson.

Elle me regarda enfin dans les yeux, un méchant sourire aux lèvres :

— Tu vois, dit-elle : c'est comme les coquelicots…

24

Les gaz

Le visage de Luis saignait toujours abondamment. Glissé dans les rochers, il avait d'abord vu cette garce d'Alice lui filer entre les mains avant qu'un grand type ne se précipite à son tour au bout du quai. Le Basque ne savait pas qui il était mais lui aussi semblait chercher les fugitifs. Un flic peut-être. Un sale flic. Le type avait contemplé l'océan un moment, puis disparu, tout à coup…

Luis avait trouvé Martial à l'ombre du lampadaire, adossé contre la tôle d'un hangar, le nez en sang. Il l'avait tiré par les cheveux pour le remettre d'aplomb :

— *Por acqui !*

Effrayé par l'aspect répugnant des plaies sur son visage, Martial avait reculé, mais dans son état Luis avait encore besoin de lui. Il désigna le scooter des mers amarré au ponton :

— Trouve-moi le gars à qui il appartient, dit-il d'une voix blanche. Vite.

Il fallut près d'une demi-heure à Martial pour trouver le propriétaire de l'engin, un jeune homme bronzé qui payait tournée sur tournée à la buvette du bal. Deux filles et un type de son genre l'accompagnaient sous les lampions. Il fit d'abord celui qu'on dérangeait dans son bain, mais quand Martial lui signala que deux adolescents tentaient en ce moment même de lui voler sa machine, son sang ne fit qu'un tour. Gonflant les pectoraux comme s'il allait affronter un nain, il lui emboîta le pas jusqu'au port, suivi par un blondinet en chemise hawaïenne.

Luis attendait à l'ombre du ponton. Il frappa d'abord le plus grand, à la nuque. Le voyant s'écrouler, son copain envoya une droite de fête foraine avant de s'affaler à son tour : le poing d'acier venait de lui casser la mâchoire.

Le Basque fouilla les poches du premier, trouva les clés et fila vers le ponton. Martial le regardait s'agiter, médusé. Luis passa une manchette sur son visage ensanglanté, grimpa sur le scooter et lança :

– Dépêche !

Vingt minutes plus tard, alors qu'ils naviguaient à vitesse réduite sur une mer cassante, Luis stoppa la machine.

Ciel bas, bruine, visibilité presque nulle. Ils étaient environ à mi-chemin d'Hœdic, dont on devinait les quelques lumières au loin : d'Alice et du type, toujours aucune trace. Pourtant ils étaient là, dans un coin d'obscurité, cherchant à gagner l'île d'en face… Les misérables croyaient-ils encore pouvoir lui échapper ? Ces chiens croyaient-ils vraiment une chose pareille ? Oh oh ! Mais c'était bien mal le connaître ! Bien mal le connaître !

Ses vêtements étaient trempés, le froid s'immisçait partout, ses plaies s'étaient remises à saigner mais Luis ne lâcherait rien. Il avait coupé tout contact avec ses supérieurs. Sur le biplace, Martial commençait à s'inquiéter :

— Qu'est-ce qui se passe ? Pourquoi tu t'arrêtes ?

La brise marine balayait la crête des vagues. Luis bloqua son souffle et expédia un formidable coup de coude dans son dos. Totalement surpris par la traîtrise de l'attaque, Martial tomba à la renverse. Son nez avait éclaté sous l'impact, un flot de sang affluait dans sa gorge, il pataugeait dans l'eau noire.

— Hey ! cria-t-il. Hey !

Mais Luis remit aussitôt les gaz.

25

Sur les boudins

Statue de peau sous la lune, Alice attendait que je me décide, que je me décide enfin, mais je continuais de ne rien comprendre : le .44 dans les mains, je cherchais une issue au piège qui s'était refermé sur moi.

Elle ne bougeait pas. Ses seins ténus saluèrent l'air d'un frisson — que je tire, bon Dieu, qu'on en finisse ! Elle n'avait pas fait tout ce chemin avec moi pour que je me rétracte, que j'abandonne au dernier moment : allez, encore un effort ! criaient ses grands yeux bleus quand une main invisible l'attrapa par la gorge.

Une lame effilée se planta sous son menton tandis qu'on la tirait en arrière.

— Toi tu bouges plus !

Luis avait surgi des rochers.

La garce qui l'avait humilié était maintenant au bout de son couteau ; il l'aurait probablement égorgée sur-le-champ si je n'avais tenu un revolver. Le costume humide après son périple en scooter, le visage barbouillé de sang, Luis enfonça la lame plus profondément dans la chair.

— Aïe !

— Ferme-la, salope !

— Lâche-la !

— Va te faire foutre !

— Je vais te tirer dans la gueule connard, sifflai-je. Lâche-la, je te dis !

— Toi, lâche le revolver !

— Va te faire foutre !

— L'écoute pas, Fred !

Un dialogue de sourds. Mc Cash apparut à son tour, son .38 de service bien calé contre la paume.

— Oui, lâche le revolver ! siffla-t-il à mon intention. Tout de suite !

— Je peux pas, répondis-je, l'arme toujours braquée sur Luis et Alice.

Mc Cash avança d'un pas.

— Stop ! hurla le Basque. Un pas de plus et je la saigne !

Il avait le visage lacéré et des yeux de dément sous la lune. Bref moment de flottement. La crique était minuscule, impossible de s'échapper. Le policier hésitait : si je tenais ma complice en joue, l'Irlandais n'avait pas prévu qu'un autre homme lui planterait un couteau sous la gorge.

— Il me reste une balle, dis-je au flic.

— Et moi il m'en reste six.

Luis enfonça un peu plus sa lame dans la gorge d'Alice, immobile et nue :

— Lâchez tous les deux vos armes ou je la tue ! menaça-t-il.

Un filet de sang coulait déjà sur son cou.

— Tire ! s'étrangla Alice.

Mais je ne pouvais pas. Je risquais de la toucher.

Mc Cash évalua la situation : il y avait moi qu'il tenait en joue sur sa droite, dans son angle mort, moi qui braquais mon arme sur Alice et le type au couteau, légèrement sur sa gauche. En un éclair Mc Cash fit pivoter son arme vers Alice, visa d'instinct, et tira entre ses jambes. Une chance sur deux de la toucher. Tétanisée, Alice ne réagit pas tout de suite : c'est quand elle sentit la pointe du couteau se relâcher sur son cou qu'elle se jeta à terre. Dans son dos, Luis expulsa un cri de douleur — la balle de .38 lui avait démoli le genou.

Mc Cash se tourna vers moi, qui aussitôt m'écriai :

– Non ! NON !

Luis avait compris que cette fois il ne s'en sortirait pas : la seule femme dont il était spontanément tombé amoureux l'avait possédé, il était perdu pour la cause, à tout jamais, mais il restait l'honneur : le couteau à la main, il se jeta sur Alice, bien décidé à lui ouvrir le ventre. Nue sur le sable mouillé, la jeune femme n'eut pas un geste d'esquive. Mc Cash retourna son arme, trop tard : le type plongeait sur elle.

Soudain, la tête de Luis explosa. Une éclaboussure de chair et de sang gicla sur Alice, le souffle coupé. Quand elle rouvrit les yeux, l'homme gisait dans l'écume, à ses pieds, répandant une nappe sombre autour de lui.

Je laissai tomber le revolver sur le sable.

– Je ne suis pas un tueur, répétai-je doucement.

Relevant son œil du cadavre, Mc Cash rétorqua :

— On sait, ouais…

En attendant, le type n'avait plus de tête : tirée à bout portant, la balle avait perforé le crâne avant de ressortir par la nuque. Un bon tir, évalua le borgne à la lueur pâle des étoiles.

À deux pas, Alice grimaçait de peur et de dégoût. Un liquide noirâtre la recouvrait, elle sentait le jus infect dégouliner sur son corps, il y en avait partout, des petits morceaux de chair et d'os, sur sa peau, par milliers, tiédasses, visqueux…

— Fred, supplia-t-elle, Fred…

Mais je ne bougeais plus. Perdu dans mon abîme, je la regardais, incrédule. Alice était là devant moi, sur le sable, effroyablement nue, le corps recouvert d'immondices. Il fallait l'essuyer. L'essuyer. Essuyer… Le deuxième choc fut plus terrible encore : l'espace d'un instant, je vis mon monde s'ouvrir, puis se refermer. Maintenant elles grouillaient, les réminiscences, dans l'ombre de la vérité. Sur le coup, je manquai de chanceler. Le Vioc. Essuyer. Bien sûr…

Hermétique au drame aphone qui se dénouait près de là, Mc Cash fouillait les poches du mort.

— Luis Dominguez, marmonna-t-il en passant sa Maglite sur ses papiers.

Nationalité espagnole, résidant à Donastia. San Sebastian, en Basque. Dans sa veste, un poing américain et une poignée de balles de .44… Finalement, les types de la DST n'étaient pas si bêtes… Quand il se tourna vers nous, j'avais relevé Alice et, nettoyant d'une main distraite sa peau souillée, l'entraînais lentement vers les flots. Alice marchait en silence, les bras crispés sur sa poitrine, tremblante. On faisait peine à voir. Enfin, quand nous eûmes de l'eau jusqu'au cou, on s'est séparés sans un mot avant de partir au loin, nager, vers le large…

Mc Cash secoua la tête : c'était bien le moment de se baigner.

*

— Qui c'est ce type ? fis-je en désignant le cadavre du Basque.

Nous marchions encore dans l'écume, les cheveux ruisselants après le bain nocturne.

— Un autonomiste en planque chez mon frère, répondit Alice.

Je la regardai comme si je ne l'avais jamais vue.

— Basque ?

— Oui. Espagnol.

Elle avança jusqu'au policier, découvrant sans pudeur sa petite toison brune.

— Qu'est-ce qu'il voulait ? demanda Mc Cash.

— Récupérer son revolver.

Bien sûr…

— Tu le connaissais ?

— Pas intimement.

— Et ton frère ?

— Il était avec lui tout à l'heure, sur l'île d'en face…

Elle dit tout bas :

— Maintenant je ne sais pas.

– Hum hum…

Le bandeau du policier avait déteint sur sa joue en un noir poisseux. Il ramassa le gros Smith & Wesson échoué sur le sable, fit tomber le barillet et logea les quatre balles trouvées dans les poches du Basque. Après quoi, il nous jaugea : c'était l'heure du verdict.

Tenant nos dernières calories dans nos bras, nous grelottions de concert. Avec nos cheveux trempés, on aurait plutôt dit deux oiseaux tombés du nid. Deux oiseaux de proie…

– Maintenant vous allez me suivre et la boucler, feula Mc Cash.

Il jeta sa robe déchirée à la figure d'Alice qui le regardait avec ses grands yeux bleus, toujours immobile :

– Allez ! On se dépêche !

Elle enfila sa robe à pois sans s'attarder sur les déchirures et passa devant le cadavre mutilé qui gisait dans l'écume. Enfin, elle prit ma main dans la sienne : le policier borgne nous attendait, grimpé sur les rochers.

Imprévoyant de nature, l'Irlandais avait perdu un temps fou à trouver de l'essence pour le Zodiac, emprunté à la gendarmerie de Quiberon. Il était là, amarré aux rochers de la crique voisine.

Nous stoppâmes à notre tour près du rivage, les mains agrippées l'une à l'autre comme si on allait s'envoler. D'un coup sec, Mc Cash démarra le gros Yamaha du Zodiac.

— Mathilde est au camp de vacances, sur l'île de Houat, dit-il en masquant sa colère. Vous y êtes en une demi-heure. La grille n'est pas haute et le scout qui la garde est seul. Voilà la clé de la porte, dit-il en nous jetant le morceau de ferraille. Le dortoir de droite, en entrant : le lit contre la fenêtre.

Comme nous le fixions sans bouger, il cria :

— Maintenant disparaissez, c'est compris ? ! Foutez-moi le camp !

On s'est échangé un regard plein de vie — il nous laissait partir… On a fait un premier pas vers l'écume quand le borgne nous attrapa chacun à la gorge :

— Mais n'oubliez pas, ajouta-t-il d'une voix blanche : la prochaine fois, je vous coupe la tête.

Avant de nous pousser dans le Zodiac.

Comme il ne plaisantait pas, nous avons sauté sur les boudins.

26

Nu

— Qu'est-ce qui vous prend, Mc Cash ?

Anne-Françoise Trémaudan ôta ses petites lunettes d'acier. Debout face au bureau, son meilleur lieutenant semblait fatigué. De fait, même l'insolente poitrine de la commissaire ne semblait plus l'intéresser.

— Je viens de lire ce rapport, reprit-elle en plaquant sa main sur le bureau. Un rapport décousu, absolument indigne d'un policier : le vôtre en l'occurrence !

Le borgne se tenait debout sur la moquette, impassible dans ses chaussettes dépareillées.

— Le préfet est furieux, poursuivit-elle : non seulement vous harcelez l'homme que vous êtes censé protéger, vous laissez filer son petit-fils, et voilà maintenant que vous tuez des activistes basques sur la côte bretonne !

Elle s'emporta :

— Bon sang, qu'est-ce qui vous a pris ?

La colère gonflait son poitrail.

— Je ne sais pas, répondit-il.

— Quoi ?

La commissaire tendit l'oreille, écarlate.

— J'ai interrogé ce type par hasard, alors que je cherchais Le Cairan. Je ne pouvais pas savoir qu'il s'agissait d'un terroriste en planque sur l'île d'Hœdic, se justifia-t-il mollement. Comme il portait son arme sur lui, ça a mal tourné…

Ils se regardaient méchamment.

— Un .44 Special, dit-elle.

— Oui.

— Comme celui qui a tué le député.

— Oui.

— Et vous l'avez abattu.

— Oui.

— Pourquoi ?

— C'était lui ou moi.

Une poignée de secondes s'éparpillèrent sur le bureau de la commissaire.

— C'est votre explication ?

— Oui, patronne.

Malgré l'heure tardive, les voitures bouchonnaient sur le boulevard de La Tour-d'Auvergne.

— Vous allez vous faire casser, assura Trémaudan, et je ne pourrai rien faire pour vous.

— Dommage, fit-il en se concentrant un peu sur son chemisier.

Seulement il était fatigué. De l'autre côté du bureau, la femme ne décolérait pas.

— Et Le Cairan ?

Mc Cash haussa les épaules. Il avait longuement hésité avant de prononcer son verdict, car dans cette affaire, nul n'interférerait entre lui et la justice : ni le préfet, ni la DST, ni même la commissaire. Il déciderait, seul — il l'avait dit. En dernier, Nietzsche l'avait prévenu :

Justice : il vaut mieux se laisser voler que d'avoir autour de soi des épouvantails — c'est du moins conforme à mon goût. Et rien n'est jamais qu'une affaire de goût — et pas autre chose !

Alors il avait jugé. Il n'y connaissait rien en gamins pas plus qu'en éducation, mais au final, un couple en cavale valait mieux que la cave du grand-père. Bénouville, de par ses amitiés, était intouchable ; Mc Cash n'avait pas de preuves mais la gamine avait été explicite. Et causante pardessus le marché. En graciant son frère, il avait fait un choix. Peut-être le premier. D'autres suivraient. Il l'espérait en tout cas... Un mouchoir à la main, l'Irlandais essuya la larme qui coulait de sa prothèse.

La commissaire plia sa gitane dans le cendrier.

— Et la voiture abandonnée en pleine forêt ?

— Volée, sans doute.

— Une idée de la raison pour laquelle Le Cairan n'a pas prévenu la police ?

— Elle ne valait même pas un contrôle technique, rétorqua-t-il. En cas de vol, vous savez bien que les assurances ne remboursent rien...

La commissaire soupira. Flic avant tout, elle restait persuadée qu'il lui cachait quelque chose. Elle ne savait pas quel intérêt cette tête de pioche avait d'épargner Le Cairan mais ça allait lui coûter cher. Trente-huit personnes liées de près ou de loin aux groupes indépendantistes avaient déjà été interpellées et, même si la balistique n'avait pas encore confirmé que le .44 du Basque était l'arme qui avait abattu le député Rogemoux, le préfet ne comptait pas s'arrêter en si bon chemin : Legay et ses hommes interrogeaient en ce moment même les différents leaders des groupuscules bretons, activistes ou autonomes... À celui qui faisait le pied de grue dans ses chaussettes dépareillées, elle déclara :

— Étant donné les circonstances, je vous retire l'affaire Bénouville.

Elle attendit une réaction : aucune.

— Franchement, je vous croyais meilleur limier...

Il restait de marbre. Tant pis pour lui.

— Vous êtes de plus suspendu de toute activité jusqu'à nouvel ordre. Je ne sais pas ce que vous avez dans votre sale caboche, Mc Cash, mais il va falloir vous expliquer sur les circonstances de l'exécution de ce Dominguez...

— Je n'ai rien à déclarer.

— Vous expliquerez ça à la commission de discipline, répondit-elle sèchement. Au revoir. Ou adieu. Fichez-moi le camp.

Ses yeux noirs pétillaient de rage. Le borgne quitta le bureau, souriant à l'idée d'être mis à la porte. Ça lui faisait pareil quand il était petit. La sensation était pourtant nouvelle.

*

Minuit. Mc Cash avait le trac devant la porte de Gwénaëlle Magadec. Il n'avait rien fumé de la journée et les fleurs qui encombraient ses bras commençaient à l'enivrer. Aucun bruit sur le palier, pourtant un filet de lumière filtrait sous la porte. Peut-être la dérangeait-il avec un nouvel amant…

Après un moment d'hésitation, il grimpa à l'étage, déposa le bouquet de fleurs sur le paillasson de madame Bertier, la paranoïaque du deuxième qui lui avait raconté les engueulades entre Le Cairan et Cherroui, et redescendit sur le palier. La sonnette était là, kitsch à souhait, à portée de main. Il hésitait toujours quand la minuterie s'éteignit, le plongeant brusquement dans le noir. Si son cœur battait, c'est qu'il lui en coûtait : et s'il louchait ? Hein ? Si sa prothèse avait bougé, si elle s'était déplacée, hein, il aurait l'air de quoi ? Peut-être qu'il louchait, en ce moment même, comme un imbécile ! Comme un ridicule et méprisable imbécile !

Au prix d'un effort lent mais démesuré, il ôta son bandeau. L'impression d'être nu. Ou mis à nu. Pestant dans sa barbe pour ce qu'il imaginait encore être une faiblesse, il rangea le bout de cuir dans sa poche et sonna.

Les secondes passèrent, trop nombreuses.

L'Irlandais allait partir quand un bruit le retint. Un léger grincement sur le parquet, un miaulement, suivi d'un silence équivoque. Sa respiration se bloqua : par l'embrasure de la porte, un pied apparut, terriblement nu…

27

Baiser

J'avais soudain tout compris : essuyer. Il fallait essuyer. Essuyer. La cave... Sur le coup, le choc m'avait presque fait vaciller. L'espace d'une seconde j'étais tombé dans le trou, celui de ma petite enfance, ce trou noir dans ma tête. Le chaînon manquant avait brusquement resurgi à la lumière de ma conscience, révélé dans toute sa nudité, sa cruauté. « Il fallait essuyer » le corps souillé d'Alice, essuyer les immondices qui la recouvraient dans la pénombre, ces saletés humaines qu'il fallait essuyer... La cave, les mots du Vioc, le ton, la voix, son haleine, tout m'était revenu d'un coup, tout m'était remonté à la gueule, ou plutôt à la cervelle. Du trou d'air qui soufflait dans ma mémoire avait jailli le loup : je devais avoir deux ou trois ans à l'époque mais j'avais enregistré l'intonation mielleuse du grand-père quand il me disait : « Il faut essuyer maintenant, il faut essuyer. » Essuyer le pipi que j'avais fait au lit.

Geignant dans le noir de la cave, j'aurais fait n'importe quoi pour couper à la punition — n'importe quoi, il le savait bien le vieux : si jeune, si petit, il savait bien que je ne me plaindrais à personne, que la terreur suffisait pour me taire à jamais, moi comme les autres.

Aujourd'hui ma sauvagerie avait enfin un nom : le Vioc.

*

Avec le jour naissant, les étoiles s'affalaient une à une dans le ciel. Accroupi dans le fossé qui bordait le camp de vacances, je vérifiai pour la centième fois la présence de la clé dans ma poche. Mes vêtements étaient trempés après la traversée en Zodiac mais je n'avais plus froid. Plus le temps.

Alice se tenait allongée contre le talus, les sens aux aguets, comme une lionne en chasse.

Disparaître.

Avec Mathilde.

Loin.

Je ne savais pas ce qui l'avait poussé à nous épargner mais le flic avait été clair… D'un coup d'œil, j'évaluai la grille de la colonie de vacances : deux mètres tout au plus. Un jeu d'enfant.

Je me tournai vers ma complice, le cœur battant :

— Prête ?

J'allais jaillir du fossé quand quelque chose retint mon élan : un petit morceau de papier, qu'Alice tenait entre ses lèvres… Je dus m'approcher pour lire :

Le goût baiser est-il assez proche de celui du coquelicot ?

[] non

[] à voir

[] et ta (petite) sœur ?

[] Tout Reste Mystérieux

Le goût baiser, allons bon.

Ce n'était ni le moment ni l'endroit mais les grands yeux bleus d'Alice luisaient, atlantiques... Je ne savais pas si elle était la plus belle et m'en fichais bien : je n'avais qu'elle. Je l'embrassai pour la première fois, à pleine bouche. La sensation était à la fois douce et violente. Alice aussi avait l'air d'aimer ça... Le goût baiser...

Enlacés dans le fossé, il nous fallut un temps fou pour nous redresser. Enfin, Alice remit un peu d'ordre dans sa robe froissée, passa sa langue sur ses lèvres humides. Je restai un instant à la regarder, merveille adorée, tout palpitant d'elle. À l'ombre de la colonie, son visage s'éclaira lentement, comme l'aube se lève...

— Alors, elle chuchota, tu m'aimes ?

— Bof.

Le goût baiser...

DU MÊME AUTEUR

Aux Éditions Gallimard

Dans la collection Série Noire

ZULU, 2008, Folio Policier n° 584.

UTU, 2004, n° 2715 et Folio Policier n° 500.

PLUTÔT CREVER, 2002, n° 2644 et Folio Policier n° 423.

Dans la collection Folio Policier

LA JAMBE GAUCHE DE JOE STRUMMER, 2007, n° 467.

Dans la collection Folio 2 €

PETIT ÉLOGE DE L'EXCÈS, 2006, n° 4483.

Aux Éditions Baleine

HAKA, 1998, Folio Policier n° 286.

Dans la collection Le Poulpe

D'AMOUR ET DOPE FRAÎCHE, 2009, coécrit avec Sophie Couronne.

Chez d'autres éditeurs

RACLÉE DE VERTS, Éditions La Branche, collection Suite noire, 2007.

FOND DE CALE, Éditions Après la lune, collection Invitation au noir (1 livre, 2 auteurs, 4 textes : Caryl Férey invite Sophie Couronne), 2010.

QUEUE DU BONHEUR, édité par le MAC/VAL, 2008, d'après l'œuvre du plasticien Claude Clotsky.

Aux Éditions Thierry Magnier

MA LANGUE DE FER, littérature jeunesse, collection Petite poche, 2007.

JOUR DE COLÈRE, littérature jeunesse, collection Petite poche, 2003.

Aux Éditions Syros

ALICE AU MAROC, littérature jeunesse, collection Souris noire, 2009.

LA DERNIÈRE DANSE DES MAORIS, littérature jeunesse, collection Souris noire, 2007.

LA CAGE AUX LIONNES, littérature jeunesse, collection Souris noire, 2006.

Composition Nord Compo
Impression Novoprint
le 15 novembre 2010
Dépôt légal: novembre 2010
1er dépôt légal dans la collection : juin 2006
ISBN 978-2-07-033729-3 /Imprimé en Espagne.

7,50 €

181398